母さんの鈴

あだちみのる／作　合田修二／絵

せせらぎ出版

母さんの鈴　もくじ

いつのまにか、貧乏神が家のなかに入り込んでいた。
冷たい風が吹き抜け、押し寄せる、つらい現実……。

1　きまらないシュート

　のどがカラカラにかわいている。フミノリは、サッカーの試合《しあい》の帰り道、ジュースを飲もうと自動販売機《じどうはんばいき》の前に立った。一ヵ月三百円の小遣《こづか》いでは、ジュース一本買うのも勇気《ゆうき》のいることだった。たくさん並ぶジュースをながめ、しばらく迷っていた。すると、すぐうしろで誰《だれ》かの声がした。

「なにを飲むの？　決まった？」

　ふり向くと、にこにこしてキミコが立っていた。

「フミちゃんは、よく迷うから。私が決めたげよか？」

「子ども扱《あつか》いするな！」

「だって、さっきからずっと考えてるでしょ？」

「ええやろ、べつに。どれ飲むかって、キミちゃんには関係ないし」

「サッカーの試合見てたよ。おしいとこで負けちゃったねぇ」

「俺《おれ》がシュート失敗したから」

「フミちゃんは、ここっていうときに迷うからシュートがきめられないのよ。迷っているうちに相手にボールをとられちゃって」

「人の失敗を笑ってるやつは、ろくな人生おくれんぞ！」

「笑ってないよ。フミちゃんのカッコいいところをたまには見たいから、アドバイスしてあげているだけよ」

「そのアドバイスは、俺をひどく傷つけた！」

フミノリは、お金を取り出そうとポケットをさぐった。

「あれっ？　あれっ？　どこいった？　百円まで俺をバカにするのか！」

ポケットに入れていたはずの百円玉がなかった。あちらこちらさがしていると、

「ゴソゴソ、なにしてんの？　財布《さいふ》が見つからないのね？」

「確かに、百円、ポケットに入れてたはずやのに。サッカーは負けるし、お金なくなるし、あ～あ、なんて俺は運が悪いんや！　もうダメ！　生きていけない！」

「大げさな！　運が悪いんやなしに、それが実力ってもんでしょ！」

「違うっ、俺の実力はこんなもんやない！」

「そんなもんよ。大事なものは、しっかりつかんでおいたほうがいいよ」

「いちいち俺に説教《せっきょう》たれるなっちゅうの！」

キミコは、自分の財布《さいふ》から百円玉を取り出して、フミノリに差し出した。

「ほら、百円、貸したげる」

「いらない」

「のど、かわいてるんでしょ？　ほら」

キミコは、もう一度フミノリに百円玉を差し出した。

「俺は、人のお情《なさ》けにすがらないことにしてる」

「あっ、そう！　せっかく人が親切に言ってあげてるのに。じゃ、私だけ飲もう」

キミコは、自動販売機に百円入れて、カップに入った氷入りサイダーを買って、ゴクゴクとおいしそうに飲んだ。

「ああスッキリするぅ〜。最高ねぇ、サイダーのシュワシュワがのどにしみわたる！」

フミノリは、眉《まゆ》をヒクヒクさせて、いまいましそうにしていた。

「キミちゃんは、ひどい女や！　最悪！」

「だから、百円貸したげるって言ってるでしょ！　フミちゃんも、飲んだら？」

「そんなに俺にジュース飲んでほしいなら、飲んでやろう」

「あっ、やっぱりお金貸すのや～めた！」

「わかった、わかった、百円、貸してください！」

「はい、どうぞ。最初っから素直《すなお》にそう言えばいいのよ」

フミノリは、百円受け取って、自動販売機の方を見た。

「あれれっ？　こういう場合、どう言うんだっけ？」

キミコは、ちょっと首をかしげながらフミノリの顔をのぞき込んで、お礼の言葉をさいそくした。

「もしかして、俺がありがとうって言うの待ってる？」

「あたりまえでしょ」

「俺は、ありがとうを言わない人や」

「じゃ、百円返して！」

「あっ、ごめん。ありがとう。これでいい？」

「オッケー」

「それにしても、キミちゃんは、俺を子ども扱いしてるなぁ」

「そうねぇ、フミちゃんは、まだまだ修行《しゅぎょう》が足りないから」

「ちぇっ」

キミコは、サイダーをあと二つ買って、

「じゃ、私、友達の分も頼《たの》まれてて、ちょっと急いでるから」

と言いながら急ぎ足で行ってしまった。フミノリがコーラを買って飲んでいると、そこへ幼《おさな》なじみで親友のアキオがやってきた。アキオは、フミノリの胸のあたりをチョンチョンと指でつつきながらひやかした。

「フミちゃんは、キミちゃんと仲いいなぁ」

「あいつは、俺をコケにしてやがる」

「フミちゃん、もしかして、キミちゃんのこと、好きなんやない？」

「いいや、そんなことない。絶対そんなことない」

「フミちゃんは、キミちゃんに反抗的《はんこうてき》な態度《たいど》を見せているけど、ほんとはキミちゃんに恋してるんやろ？」

「違うって！　あんなやつきらいや。すぐに母さんみたいなこと言うし」

「そんなにごまかしても俺にはわかる。心のなかがすけて見えてるで」

「こりゃこりゃ。勝手に人の心のなかをのぞくな！」

「意地はらんと、素直に好きってキミちゃんに伝えんと、ほかの誰かにとられてしまうでぇ。キミちゃん、かわいいし、愛想《あいそ》いいし、男子生徒にすごく人気あるから」

「確かに、かわいいし、人気ある」

「男は、行くときは行かんとあかんで！　ＧＯＧＯ！　フミノリッ！」

アキオは、調子にのるとどこまでも行くタイプだった。それに比べて、フミノリは、どちらかというと臆病《おくびょう》で用心深かったので、アキオといっしょにいると、アキオのペースにぐいぐいと引っぱられることが多かった。フミノリは、アキオの言葉に後押しされて、愛の告白をするかどうか、迷いはじめた。

「やっぱり、俺、アキちゃんの言うとおり、確かに、キミちゃんのこと好きなのかも」

「やっぱり！」

「ほんまは、中一のときからずっと好きやったと思う」

「やっぱりなぁ。よっしゃ、フミちゃん、中学校最後の一年をバラ色に飾《かざ》ろう！　俺、めちゃくちゃ協力するでぇ」

「俺の人生は、ババ色になりかけとる」

「作戦たてよう。女のハートをつかむには、それなりの作戦が必要やで。なんも行動おこさんと、むこうから好き好きって、なかなか言うてくれんで」

「それなりの作戦って?」

「カッコええとこ見せなあかんやろ」

「ダメや。俺は、なにをやってもカッコ悪い」

「忘れ物作戦っていうのはどうや?」

「なにそれ。忘れ物作戦って?」

「わざとケシゴムやらいろいろ忘れ物するんや。それでキミちゃんに借りて、仲よくなっていくって作戦」

「そんな、だらしないことでけん」

「ラブレターって手もあるけど、これは簡単《かんたん》そうで、なかなかむずかしいで。ググッとくる愛の表現は、かなりのテクニックが必要や」

「そんなむずかしいことは、やめといたほうがいい」

「それなら、サプライズ作戦はどうや？」

「サプライズ作戦ってなんや？」

「突然《とつぜん》のプレゼントで驚《おどろ》かせて気を引くんや」

「それなら俺にもできるかも」

「女は、プレゼントに弱い生きものや。花とかアクセサリーとか、美しいものがけっこう効果《こうか》大やと思うで」

「そういえば、もうすぐキミちゃんの誕生日や」

「そりゃいい！　よし、その日に決定！」

アキオは、フミノリの愛の告白を一大イベントのように楽しむようすだった。

「アキちゃんは、いろんな作戦知ってるみたいやけど、それでうまくいったことあるんか？」

「俺も、ただいま恋人募集中《ぼしゅうちゅう》や。でもなぁ、俺の場合は、この子だけっていうより、あっちもこっちも、モテモテ〜って感じになりたいなぁ」

「アイドルになりたいわけ？」

「そうそう、俺はスーパースターがいい」

アキオはやる気満々で、ノリノリになっているが、フミノリには、まだ迷いがあった。

「でもなぁ？　もしものことやけどなぁ？」

「もしものことってなに、フミちゃん？」

「もしも、好きや言うてしもて、きらいや言われたらどうするん？」

「好きや言うてもらえるように、自分を磨《みが》いて、ねばって、とことん勝負や。それが男っちゅうもんや」

「なんや大変やなぁ、男っちゅうもんは。女になりとうなってきた」

「アホなこと言うな。昔から、女っちゅうもんは、勇敢《ゆうかん》な男にあこがれるもんや」

「よっしゃ、わかった。俺も、男を見せたるで」

フミノリは早速《さっそく》、いざというときのためにとコツコツ貯めていたブタの貯金箱の封《ふう》を切って、デパートに向かった。アキオが言うようなアクセサリーは値段が高かった。花束は、周りに目立ちすぎる。二時間ほどデパートのなかを歩き回ってさんざん迷ったあげく、フミノリが選んだのは、かわいらしいおもちゃだった。蓋《ふた》を開けると、

「あっぱれじゃ！　あっぱれじゃ！」

と言いながら、扇子《せんす》を持ったちびっこザルが踊《おど》る仕掛《しか》けになっている。サルがつけている小さなはちまきに、〝フミノリ〟と書きこんだ。そして、『キミちゃん、一五歳おめでとう！　俺は、

キミちゃんのことが、ずっと前からとっても好きです。六月二八日』と書いた小さなメッセージカードを添《そ》えた。


誕生日の放課後、フミノリは、プレゼントを渡そうとキミコの姿をさがした。体育館の横でキミコを見つけたのだが、違うクラスの男子生徒がキミコにプレゼントを渡しているところだった。うれしそうな笑顔で受け取るキミコのようすにショックを受けた。キミコと男子生徒は、肩を並べていっしょに帰って行った。フミノリは、持っていたプレゼントをそっと引っ込めた。

「そうか、キミちゃんは、もう好きな人がいたんやなぁ」

サルのあっぱれを家へ持って帰って、机の引き出しの奥の方にしまいこんでしまった。

「フミちゃんは、迷っているうちにシュートがきめられないの」

と言っていたキミコの言葉が思い出された。


次の日の朝、キミコと男子生徒は、廊下《ろうか》で楽しそうに話をしていた。フミノリは、絶望的《ぜつぼうてき》な気分になって、くじけそうになった。男子生徒を押しのけて、キミコのそばに行きたかった。やきもちをやいている気持ちを、自分でもどうすることもできない。アキオは、フミノリの顔をみると、すかさずやってきてたずねた。

「おはようフミちゃん。サプライズ作戦は、成功か？」

「失敗。大失敗。キミちゃんに彼氏がいたなんて、こっちがビックリさせられた」

「彼氏がおったんか！　確かにそれはビックリや」

「ほら、あそこ見て。キミちゃん、どうやらあいつのことが好きらしい」

「あいつに先をこされたんか？　よし、確かめてこよう」

アキオは、二人に向かって歩きはじめたが、フミノリがアキオの腕をつかんで止めた。

「アキちゃん、やめとこ。とにかく、俺はダメや。キミちゃんのことは、忘れることにする」

「おいおい、もうあきらめるんか？」

「顔で笑って心で泣くのも、男のつらいところや」

「えらいカッコつけとるけど、大丈夫か？　ほんまに」

「大丈夫や」

フミノリの心は死んでいた。このまま学校から姿を消したくなってきた。キミコのことが好きだということも、そんな自分の気持ちを伝えたいと思っていることも、十分すぎるほどわかっていた。しかし、今となっては、キミコは遠くに感じられ、寂《さび》しさだけがフミノリの心を支配していた。人を好きになるって、つらいことだと思った。

2　貧乏神

父さんは、最近、いつも機嫌《きげん》が悪くて、ちょっとしたことで家族にあたることが多かった。夕食前、フミノリがぼんやりとテレビを見ていると、

「フミノリ、テレビばっかり見とらんと勉強してこい！　ちゃんと勉強しないと、大人になってから父さんみたいに苦労せんなんやろ！」

顔を合わせるたびにガミガミ言われるようになってきたので、父さんが家にいると、なるべく離れて過ごすようにしていた。父さんは、たぶん仕事がうまくいってなくて、家族に八つ当たりしているのだろうということはわかっていた。

フミノリが、サッカーの試合で負けたことや、キミコへの愛の告白を失敗したことを思い出しながら夕食を食べていると、

「フミノリ、なんでそんなしけた顔して食べてるんや？　メシがまずうなるやないか！　それに、肘《ひじ》をテーブルにつけて食べるんはやめろ！」

しつこく小言を言われるので、不機嫌《ふきげん》な父さんに耐えられなくなった。

「ごはん、もういらん」

食事も途中《とちゅう》で自分の部屋に戻ろうと立ち上がったフミノリに、父さんは、いきなりコップを投げつけた。

「フミノリ、ごはんを残すな！　もったいないやろ！」

コップは、フミノリの肩に当たって、床に落ち、パリンと二つに割れた。

「うわっ、割れてしもた。俺より父さんのほうが、もったいないことしてるやろ！」

割れたコップを横目に見ながら、自分の部屋に入ろうとするフミノリを、母さんがあわてて呼び止めた。

「フミノリ、待ちなさい」

「あんなやつ、ほっとけ！　お前の教育が悪いから、あんな行儀《ぎょうぎ》が悪うなるんや！」

父さんは、フミノリを追いかける母さんに怒鳴りつけた。

昔は、こんな荒々《あらあら》しい父さんではなかった。もっともっとやさしくて、いつもニコニコしていた。昔の父さんに戻ってほしいと、家族みんなが思っていた。

フミノリには、小学校五年生の妹、チエミがいた。チエミにとって、四つ年上のお兄ちゃんはとても頼れる存在だった。困ったときは、いつもお兄ちゃんが助けてくれた。公園でかけっこしていて足を捻挫《ねんざ》したときも、お兄ちゃんがおんぶして帰ってくれた。おやつは、多いほうと少ないほうに分けて、必ず多いほうをチエミに渡してくれた。チエミは、家族がケンカしているのをみるのがなによりもいやだった。なんだか、家族がバラバラになりそうな気がしてくるからだ。

「お兄ちゃん、お兄ちゃん……」

ドアの外からチエミの小さな声が聞こえた。

「お父ちゃんとケンカしないでぇ」

フミノリが、そっとドアを開けると、チエミが泣きそうな顔になっていた。

「チエミ、大丈夫やで。もうケンカせぇへんから」

「ほんまに?」

「うん。ほんまに」

「きっとやで」

「わかった。チエミは、もうそんなに心配せんでええ」

「ありがとう」

チエミは、フミノリの返事を聞いて安心した。

フミノリは、勉強のことも、スポーツのことも、恋のことも、どんなこともほとんど家族に話をしなくなっていた。フミノリにしてみれば、どんなことでも親に頼らずに、なるべく自分の力で解決しなければという思いがあった。しかし、それが、家族との行き違いを生んでいるのかもしれない。部屋で一人になったフミノリは、いろいろなことを考えた。

〝早く大人になって、自分の自由に生きたい〟という思いと、〝働くって大変そうだから、ずっと子どものままでいたい〟という思いが半分半分だった。

フミノリは、父さんが仕事でいろいろな苦労をしていることをなんとなく知っていた。そして、機嫌《きげん》が悪くても、家族のことを思ってくれているということもわかっていた。

父さんは、英会話セットの訪問販売《ほうもんはんばい》の仕事をしていた。朝、会社から持たされた商品は、売れるまで帰ってくるなと上司から言われた。英会話セットは、ひとつ三万円もするので、そう簡単に売れる品物ではなかった。父さんは、夜遅くまで売って歩いた。

「これからの社会は、英会話ができないと、いいところへは就職《しゅうしょく》できませんよ」

競争《きょうそう》社会で勝ち抜いて幸せになることを訴《うった》えて、見知らぬ家を次々と訪ねて歩いた。仕事がつらくなったら、携帯《けいたい》電話の息子と娘の写真をじっと見つめた。そして、〝この子たちのためにもがんばらないと！〟と自分で自分を奮《ふる》い立たせた。

仕事から帰るのが深夜になると、チエミが、父さんに手紙を書いてテーブルの上に置いていることがあった。

『お父ちゃん、お疲れさま。お父ちゃんの帰りをずっと待ってたけど、先にねるよ。今日、学校で、国語のテスト、九五点とったよ。つぎは、百点とれるといいのになぁ』

父さんは、娘の手紙をみると、じわりと涙がでる。子どもは子どもなりに、親の知らないところでがんばっていることが、短い手紙のなかから伝わってくる。子どもの命を守り育てているのは自分のはずなのだが、本当は、親が子どもから力を与えてもらっているのだと感じる。子どものためにという思いが、生きる励《はげ》みになっていて、新しい力がわいてくるのだった。

父さんの仕事は、商品の売れた数によって給料《きゅうりょう》の額が変わった。売れない月は、給料がガックリ減った。だから、そう簡単に仕事を休むことはできない。学校の参観日《さんかんび》などに参加してやれることも少なかった。それでも、子どもが熱をだしたときなど、子どものことが気がかりで、早く家に帰ろうと思った。そんな日は、自分で商品を買いとって帰った。そうでもしないとなかなか帰ることができなかった。いったん自分で買い取った商品は、次の日にがむしゃらに売り歩いた。

父さんは、見知らぬ土地を歩き、子どもの遊び道具や自転車が置いてあれば、すかさず玄関のチャイムを鳴らした。

「ぜひ、育ち盛りのお子さんの才能を伸ばしてあげてください」

自分が売って歩く教材は、子どもたちの成績を伸ばすに違いない。父さんは、そう信じていた。自分は、子どもの成長に役立つ立派な仕事をしているのだという誇りをもっていたかった。

ところが、

「そんなものいらないよ」

ほとんどの家で門前払《もんぜんばら》いだった。

「よし、こんどこそ」

と意気込《いきご》んで玄関のチャイムを鳴らすのだが、そのたびに追い払われた。一つも売れずに会社や家族のもとに帰った日は、自分の居場所がないように感じた。

不況の嵐のなか、会社の経営は傾《かたむ》いていた。売上が減るとともに、給料も半分になり、ある日、突然、社長から解雇《かいこ》を告げられた。

「会社が経営の危機《きき》におちいっていることは、君も知っているね？」

「はい、会社が大変な状況になっていることはわかっています」

「もう倒産寸前《とうさんすんぜん》や。そこで、会社は、社員を半分にしなければならなくなった。大変心苦しいことやけど、君に会社を辞《や》めてもらわなければならない」

「えっ！　解雇ですか！」

「そうや。解雇や」

「私は、妻と子ども二人を養《やしな》わなければなりませんし、それに家のローンもまだ残っています。お願いです。どんな仕事でもやりますので、解雇だけはこらえていただけませんか！」

「家族がいるのはみんな同じや。会社が赤字なのでどうしようもない。どこかほかの会社で新しい仕事を探してほしい」

父さんは、がっくりと肩を落とした。家族と会社のために必死でがんばって生きてきた今までの努力が水の泡となってしまった。

「今までずっと、一体なんのために苦労してきたんや？　がむしゃらにがんばってきたのに、今になって幸せがどんどん遠のいていく。これからどうやって生きていけばいい？」

自分で自分に問いかけてみるのだが、答えらしきものはなにも出てこない。

解雇を告げられた日、父さんは、酒に酔《よ》っぱらって帰ってきた。母さんが、

「あら、どうしたのよ？　そんなにお酒を飲んで」

とたずねると、父さんは、手で首を切る身振《みぶ》りをした。

「俺はクビになった！　クビになった！　くそったれ！」

「えーっ！　ほんまに？」

「ほんまや。俺は、会社にいらんそうや」

「そりゃ大変！」

父さんは、酒でも飲まないと、母さんにそのことを告げることができなかった。これからの生活のことで頭をかかえ、途方《とほう》にくれた。

「母さん、これからどうして生活していこうかなぁ？」

「そうねぇ、なにか仕事をさがさないといけないわね？」

「四〇代後半の俺の年齢《ねんれい》では、就職《しゅうしょく》といっても簡単にはいかない。今は、どこへ行っても、仕事が減ったとか、仕事がないとか言ってる」

「どこも厳《きび》しいね」

「ラーメンの屋台《やたい》でも引こうかな？」

父さんは、母さんとこれからのことを話し合った。

「母さん、思いきって自分で会社をたちあげてもいいか？」

「そんなことしてうまいことといくの？」

「やるしかない」

わずかな貯金をはたいた上、借金をして、自宅に小さな作業室を作り、印刷機《いんさつき》とパソコンを備《そな》えつけた。父さんは、印刷業を立ちあげることを思いついたのだ。年賀状や各種案内チラシなどの注文をとって、印刷しようと思った。友人知人が何人か注文してくれはしたものの、注文はなかなか伸びなかった。チラシを新聞に入れたが、それでも注文はまったくこなかった。父さんは、世間のひんやりとした冷たい風を感じ、生活への不安をますますつのらせていった。

「貧乏神《びんぼうがみ》がやってきた。貧乏神が家族を地獄《じごく》に引きずりこもうとしている」

父さんは、誰かに助けを求めることもできないで、一人で心を沈みこませていた。

3　家族のひずみ

　母さんの心配ごとは、とりとめがなかった。明日の食べ物、いつやってくるか予測もできない病気と事故、心に深い傷を負うようないじめや誘拐《ゆうかい》など。悪いことを考えはじめると心がちっとも落ちつかなくなる。

「車に気をつけてね。知らない人について行ったらいかんよ」

　フミノリもチエミも、母さんが心配してくれていることはよくわかっていたが、同じことをしつこく言われるので、わずらわしく感じることがあった。

「わかってるって！　そんなに何回も同じこと言わんでも！」

とフミノリがぶっきらぼうに言うと、

「母さんは、心配しすぎ！」

とチエミも口を合わせた。

「母さんは、お前たちに毎日無事帰ってきてほしいだけやから……」

母さんは、子どもたちの姿が見えなくなるまで玄関先で見送って、ひとりごとを言う。悪いことばかり考えずに、もっと楽しいことを考えようと思うのだが、なかなかそれができなかった。人一倍に心配症《しんぱいしょう》のようだった。

子どもたちは、今まで休まず元気に学校へ行っていたが、一学期も終わりに近づいた頃、チエミのようすが少しずつおかしくなってきた。

「お母ちゃん、お腹が痛い」

と言って、よく学校を休むようになった。

「チエミ、お腹の具合どう？　よくなった？」

と母さんがたずねると、

「お腹は治ったけど、今度は頭が痛くなってきたの」

母さんが、病院へ行こうと言っても、トイレに閉じこもって、長い時間出てこなかった。

「もしかして……、登校拒否《とうこうきょひ》？　このままずっと家に閉じこもってしまうのかしら？」

母さんは、どうしていいかわからなくなって、父さんに相談した。父さんは、トイレに閉じこもったチエミを、ドアの外から叱りつけた。

「チエミ、どうして学校行きたくないんや？」

「ちょっと体の調子が悪いから」

「ウソつくな！」

「お父ちゃんは、あっちへ行ってて！」

「そんなわけいかへん！　チエミ、いいかげんにしなさい。はやくトイレから出てきて、学校へ行きなさい」

「いやや！　お父ちゃん、お願いやから、ほっといて！」

「あと少しがんばったら夏休みやないか！」

ガシャン。父さんは、心を鬼《おに》にして、窓ガラスを割って、トイレのカギをはずした。目を真っ赤にして泣きながら便器にしがみついているチエミを、トイレから引っぱり出した。

「いやや、いやや、お父ちゃん、離して！」

チエミは、よほど学校へ行くのがつらいようすだった。

「はやく学校へ行きなさい！」

父さんは、泣きじゃくるチエミを玄関まで引きずって行った。チエミは、父さんの強い腕の力にグイグイ引っ張られながら叫んだ。

「給食費も払わずに給食食べるなって、みんながいじわる言うの！」

この言葉に、父さんも母さんも、凍《こお》りついた。頭から氷水をドサーッとかけられたような衝撃《しょうげき》を受けた。

「そうか、給食費の支払いが遅れてたんや」

そのことが娘を苦しめていたとは、思いもしなかった。それを家族に言えずにいたチエミが愛《いと》おしくて、父さんは、チエミをしっかり抱き寄せた。

「そうか。そうやったんか。ごめんチエミ。父さんが悪かった。チエミにそんなつらい思いさせてたやなんて」

心に傷を受けた娘のことを、なにもわかっていない自分がなさけなかった。窓ガラスを割ってまで娘を追いつめた自分のおこないを呪《のろ》った。

「お父ちゃんは、コップやらトイレのガラスやら、いろいろなもの壊《こわ》すけど、もう、なんにも壊さんとってね」

チエミは、泣きながら笑った。

その夜おそく、フミノリは、居間《いま》で父さんと母さんが話をしているのをこっそり聞いた。

「仕事、うまくいかないね、お父さん。貯金も使いきってしもたし、どうしよう？」

「ああ、今月も赤字や。借金もたくさんできてしもた」

「三百万円もの借金、どうする気？　返済期限《へんさいきげん》がもうすぐやってくるし……。借金返すために借金するのも困ったもんやね？」

「もう、どうしようもない」

「なんとかしないと、食べていけないでしょ？」

「わかっとる。けど、どうしようもない」

「印刷業はあきらめて、やっぱり、どっか勤め先をさがそうよ。そうしないともう生活できないもの」

「俺は、もうすぐ五〇歳や。この年齢で新しい職探しといっても、そう簡単なもんではないやろ」

「でも、もう、あちらこちらの支払いもたまってきてるし、かといってこれ以上借金も増やせないし……」

「そうやなぁ、これ以上借金したら、最後は夜逃げせんなんようになる」

「私もどこかで働くから、お父さんもなにか新しい仕事をみつけてよ。もう、仕事を選んでいる場合やないし」

フミノリは、家計の切迫《せっぱく》した状況を改めて知って、不安で眠れなくなった。

次の日、父さんは、ヤケ酒を飲んでいた。居間にどっかりと座りこんで、朝から晩まで酒をあびるように飲んだ。

「ちくしょう！　ちくしょう！」

と、何度も同じようなことを口にしていた。今まで、お客さんに頭を下げ、上司《じょうし》に頭を下げ、ペコペコして生きてきて、そして今、このみじめな借金生活。だんだん世の中がいやになってきた。しこたま酒を飲んで酔ってしまうと、一升瓶《いっしょうびん》をかかえたまま寝込んでしまった。酒に酔っている間は、つらい現実から逃れることができた。苦しい生活からどうしたら抜け出すことができるのか、父さんはもがいていた。

父さんは、だんだんと、生きていく自信をなくしてきていた。子どもたちを育てていく自信もなくしてきていた。そして、ふと頭をよぎるのが、生命保険《せいめいほけん》のことだった。自分になにかあってはと加入していた一千万円の生命保険だが、最近では、その掛《か》け金も払えなくなってきていた。

「生命保険が解約《かいやく》になる前に、活用したほうがいいのではないか？　事故にまきこまれたように見せかけて、あっという間に死んでしまおうかな？　そうすれば、家族の生活も少しは立て直すことができるに違いない。でも、死ぬときって、やっぱり怖《こわ》いやろな？」

父さんは、酒を飲みながら、とりとめもなくそんなことを考えていた。生きるか死ぬかを迷って行き止まりになってしまい、なかなか自分の進むべき道も見えてこなかった。

仕事探しから帰ってきた母さんは、酒に酔っている父さんを見て怒った。

「お父さん、仕事探しに行ってると思ってたら、どうしてお酒なんか飲んでるのよ！　昨日、仕事さがしに行こうって話し合ったばかりでしょ！」

「おお、わかっとる！　また明日や！」

父さんのヤケ酒は、一日で済まなかった。次の日も、また次の日も、父さんは酒を飲んでいた。父さんが酒を飲みはじめると、決まって夫婦げんかが始まった。

「お父さん、お酒ばっかり飲んでないで、いいかげんに仕事を探してきてください！」

「うるさい！　俺にいちいち指図《さしず》するな！」

母さんは、悲しそうな目を父さんに向けて、父さんの腕から一升瓶をさっと奪い取って、窓から投げ捨てた。一升瓶は、粉々に砕《くだ》けた。

「てめぇ、なにしやがるっ！　もったいないやろ！」

父さんの平手打《ひらてう》ちが、母さんの頬《ほほ》を直撃《ちょくげき》して、パシッと大きな音が響《ひび》いた。母さんはその場で泣き崩《くず》れた。

「これからが一番子どもたちにお金がかかるようになるんやから、なんとかしてよ！　お父さん！　なんとかしてよ！」

「わかっとる！　うるさい！」

父さんが、泣いている母さんをもう一回殴《なぐ》ろうと手をあげたので、そのようすを見ていたフミノリが父さんに殴りかかった。

「父さん！　なんで母さんを殴るんや！　仕事をしないで酒ばっかり飲んでる父さんが悪いんやろ！」

息子に殴られた父さんは、ガシャンと大きな音をたててテーブルの上にひっくり返った。

「父さんのアホ！　父さんなんてきらいや！」

「なまいき言うな！　ガキのお前になにがわかるか！　出て行け！　どいつもこいつもみんなこの家から出て行け！」

チエミは、怖《こわ》くなって、真っ青な顔色になっていた。

「やめて！　やめて！　けんかはやめて！」

と、目に涙をいっぱいためていた。

父さんは、ふらっと外へ出て行った。家族に苦労をかけていることはよくわかっていた。母さんを殴った自分の手を潰《つぶ》してしまいたくなるほど激しい後悔が襲《おそ》ってきた。

「なにもかも、もうどうでもいい。死んでしまいたい」

父さんの肩に辛《つら》い現実がどっかりのっかってきて、その重みに耐《た》えられず押しつぶされそうになっていた。

母さんは、近くのスーパーでパートの仕事をはじめた。しかし、そのわずかな収入は、電気代、電話代、水道代などの生活費であっという間に消えていく。父さんの実家からもらってくる米と野菜でなんとか命をつなぐことができた。

生活は、切りつめられて、食事は、カップ麺《めん》の日が多くなった。お風呂の回数も減った。夜は電気をつけないようにした。携帯電話も解約してメールもできなくなった。生活不安が、家族みんなの心をむしばんだ。

フミノリが学校から帰ると、体格の大きな怖そうな男が二人、家の玄関に立っていた。

「はよ金返さんかい！」

男の凄《すご》みのある怒鳴《どな》り声が何度も聞こえた。母さんは、震《ふる》える声で
「すみません。なんとかしますから、もう少しだけ待ってください」

と懇願《こんがん》していた。男たちは、

「いつになったら金返すんや！　金ないんやったらさっさと家売らんかい！」

とわめきながら、父さんを引き倒して、土下座《どげざ》させ、頭を土足で踏みつけていた。父さんは、泣いていた。フミノリは、いくら仕事をしない父さんのことがきらいとはいえ、やはり血のつながった親と子。頭を踏みつけられている父さんのつらさを思うと、涙がこぼれてきた。父さんを苦しめている男たちを殺してやりたくなった。フミノリは、バットを手に握りしめた。父さんと母さんを苦しめる男たちを殴り倒してやろうと思った。すると、チエミがフミノリの背中にしがみついてきた。まっ青な顔でガタガタ震《ふる》えて、怖くて声も出ないようすだった。

フミノリは、バットを放して、チエミの肩を抱いて、男たちが帰るのをじっとがまんして待った。

「あと一ヵ月だけ待ったる。それまでに金を全部返せんかったら、家でも娘でも売れるもんはなんでも売ってまうぞ」

そう言い捨てて男たちは帰っていった。会社に見捨てられ、家族にいやがられ、男たちに土足で踏みつけられている父さんの姿を見ていると、悲しくて、悲しくて、大人になるってつらいことだと思った。

父さんは、タンスの奥の方をゴソゴソさわっていた。そして、二通の貯金通帳と印鑑《いんかん》を取り出した。母さんが、キリッと父さんをにらみつけた。

「お父さん、なにしてるの？　まさか、それを使う気？　そのお金に手をつけないで！　それは、フミノリとチエミが高校へ行くために積み立てしている大事なお金やない」

「家なくすよりましやろ！」

「それだけは使わんとって！　子どもの将来を潰《つぶ》さんとって！」

「今はこれしかしょうがないやろ！」

「もし、それ使ったら、私はここから出て行く！」

母さんは、父さんの手から通帳と印鑑を奪《うば》い返して、両手でしっかり握りしめて、どこかへ隠《かく》しに部屋から飛び出して行った。たとえ自分が飢《う》え死にしても、子どもの学費を使うことは、決して許すことができなかった。積立貯金《つみたてちょきん》のなかには、母さんの子どもを想う愛情が、ぎっしりとつめこまれていた。

4　旅立ちの日

フミノリは、学校の帰り道、毎日、大きなステーキ屋の看板《かんばん》の前を通って帰る。その看板をみると、お腹がギューっと鳴った。一度あの店に入って、お腹いっぱい食べてみたいと思うが、そんなことはかなわない。旺盛《おうせい》な食欲だけをゴクリと飲み込んで、お腹の底に隠《かく》した。またしばらく歩いて行くと、小さな子どもたちが手にお菓子の袋を持って楽しそうに遊んでいた。そのお菓子の袋を見たと同時に、またお腹がギューっと鳴った。

「フミちゃん、お腹すいてるみたいやな」

「あっ、聞こえた？　お腹のムシの音」

「聞こえた。よっし、じゃ、俺、この先のたい焼き屋さん行ってくるから、フミちゃんは、そこの公園で待ってて」

アキオは、たい焼きを四つ買ってきて、公園のベンチに腰かけた。

「食べよう」

とフミノリにたい焼きを二つ渡した。

「もらっていいんか?」

「もちろん」

「ありがとう」

フミノリは、ポケットからハンカチを取り出して、たい焼きを一つ包んで、大事そうにカバンのなかに入れた。

「アキちゃん、これ一つ妹に持って帰るよ」

「フミちゃんは、妹にやさしいね」

「俺だけおいしいもの食べたら申しわけなくて。妹のやつ、いくらお腹がすいていても、お腹減ったともよう言わんとじっとがまんしてるんや。なんとかしてやりたいと思うけど、どうにもならん。俺の貯金は、キミちゃんへのプレゼントでみんな使ってしもた。アホなことしたで、ほんまに」

たい焼きを食べながら、アキオは、ちょっと心配そうな目をフミノリに向けた。

「フミちゃん、最近、ずっと元気ないね。やっぱり、キミちゃんに告白失敗したことがかなりショックやったみたいやな。大丈夫？」

「キミちゃんのことは、あきらめてる。それよか、俺んち、事業に失敗して、生活が大変なんや。父さん、家で酒ばっかり飲んで、仕事せんようになった。俺、高校にも行かれへんかも」

「そうか、それでこの頃さえん顔しとったんか」

「俺んちは、このままでは生きていかれんようになりそうや。アキちゃんとこはどう？　なにもかも、うまくいってる？」

「今のところ大丈夫みたい」

「そりゃいいなぁ。俺、今度の夏休み、どこかでアルバイトしてお金もうけしようかなぁ。アキちゃんもいっしょにどうや？」

「そうやなぁ。お金はたくさんあったほうがうれしいもんね。で、どんなアルバイト？」

「土木《どぼく》作業なら、お金たくさんくれないかな？」

「うわぁ、真夏に土木作業なんて、しんどそう！」

アキオは、いかにも暑苦しそうにして、手で顔をフワフワとあおいだ。

「遊園地とか海とかでアイスクリームとかジュース売るのはどう？」

「それいいかも。でも、売りながら自分もジュースばっかり飲んで、結局、アルバイトで稼《かせ》いだ分、全部使ってしまいそうやなぁ」

「そりゃ最悪や」

少しでもお金を稼ぎたいが、アルバイトで稼げる程度のお金ではどうにもならないことはわかっている。

「貧乏神って、厄介《やっかい》なヤツやなぁ。生活だけやなしに、家族の心まで食い荒してボロボロにしてまいよる。俺、高校行くのあきらめて働こうかなぁ?」

「今どき、高校行かんでどうする気?」

「世の中って、お金がないとなんにもでけへんのがようわかったで」

「そうやなぁ。お金をどっさり稼いだもんの勝ちやなぁ」

「どないしたらお金って稼げるんやろ?」

「やっぱ、ええ学校出て、ええとこ就職するより方法ないやろ? それか、サッカーで一流選手になる道もあるし、なにか事業で成功する道もある」

「どの道も俺には厳しそうやなぁ」

「そら、どの道も楽な道はないやろ」

フミノリは、下を向いて、なにか考え込んでいた。しばらくして、思いつめたようすで、ゆっくり言った。

「アキちゃん、俺、家を出ようかと迷っとるんやで」

「家出？　そんなアホなこと考えとんのか？」

「俺が家におらんほうが、家族の生活が少しでも楽になるやろ。妹はまだ小学生やし、妹に苦労かけられへん。妹だけは救ってやらにゃ」

「そうか、フミちゃんち、そこまで追いつめられとるんやなぁ。ほんま苦しそうや。そやけど、家を出て、一体、どこ行くつもりや？」

「神戸がいいかな？」

「神戸にどっか頼れるあてがあるんか？」

「ない」

「そんな無鉄砲《むてっぽう》なことしたらあかんやろ」

「しかたないんや。今のままでは家族が沈没《ちんぼつ》してしまいそうや。今まで、一家心中《いっかしんじゅう》なんてよその家の話やと思っとったけど、俺んち、すぐそこまで迫ってきとる。捨てる神もあるけど、拾う神もあるって言うやろ？　誰か俺の力になってくれる人が見つかるかもしれんし」

「それやったら、俺もフミちゃんにつきあうで。拾う神さがしに行こう！　一人で行くより、二人のほうが心強いやろ？」

「そりゃうれしいけど、アキちゃんの家族に迷惑《めいわく》かかるやろ？」

「夏休み中だけやったら、大丈夫や。高校受験特訓《とっくん》合宿するとかなんとか、家族にはうまいこと言うてごまかしとくから。親友が苦しんでるのにほっとけへんやろ？　貧乏神なんて、二人でやっつけてまおやないか！」

アキオは、決断が早くて、一度決めてしまうと、もう自分でも止めることができない。俺にまかせておけと言わんばかりに、力強くシャドーボクシングをしてみせた。

「ありがとう。アキちゃん。やっぱり、もつべきは友や」

「仕事に成功したら、もしかしたら億万長者になったりして？」

「よ～し、いっちょやったるか！」

「その調子やで、フミちゃん！」

二人は、あれこれと神戸進出作戦をたてた。そして、夏休みに入ってすぐに家出を実行に移すことにした。フミノリは、切手、ゲームソフト、本、ギターなど、現金に換えることができるものはなんでも売って資金の準備をした。そして、やっと一万円ほどの現金を手にした。

「お兄ちゃん、ギターやらゲームやら、いっつも大事にしてたもの、どうしたん?」

「売った」

「売ってどうすんの?」

「売ったお金、チエミに半分やるから、これでなにかほしいものがあったら買うたらええで。そうや、一回気晴らしに映画でも観《み》てこい」

フミノリは、財布から千円札を五枚取り出してチエミに手渡した。なんでもほしいものを買ってもらえる友達のことをきっとうらやましく思っているだろうと、フミノリは思っていた。

「そんなもったいないことでけへん」

「チエミ、もしもお兄ちゃんおらんでも、チエミはしっかり勉強して、お父ちゃんとお母ちゃんを助けてやってくれ」

「えっ? お兄ちゃん、どっか行くん?」

「いいや、もしもの話や」

「お兄ちゃん、私のことほっといてどっか行ったらいややで」

チエミは、フミノリがなにか隠しているような気がして落ち着かなかった。

家出決行の前夜、フミノリは、母さんのところまで行って、

「母さん、たまには肩たたきでもしてやろう」

と、軽くトントンしはじめた。母さんは、気持ちよさそうに目を閉じて手を休めた。

「ああ〜、いい気持ち！　珍しいこともあるもんやねぇ」

「母さんの肩、こってるなぁ」

フミノリは、肩たたきしながら、母さんの髪に白髪がかなり増えていることに気づいた。

「母さん？」

「な〜に？」

「借金どうなりそう？」

「そんなこと子どもが心配することやないから。フミノリは、しっかり勉強してくれたら、それでいいの！」

「母さんは、そう言うと思った」

フミノリは、涙が出そうになるのをグッとこらえた。

「母さん？」

「なに？」

「今までありがとう」

「なにをお別れみたいなこと言ってるの？」

「いや、ただ、母さん、いろいろ苦労してるみたいやから」

「フミノリのために苦労することなんて、苦労やない。子どもの幸せのためにつくすのは、親のつとめやし、私の幸せなんやから」

母さんは、いつもと少し違うフミノリのようすに、妙な違和感《いわかん》をおぼえた。

「フミノリ、なにか変ねぇ？」

「なにが変？」

「どことなしに、いつもとなにかが違うような感じがする。ああ、肩、すっかり楽になった。ありがとう。もう遅いから寝なさい」

「うん。そうする。おやすみ」

「おやすみ」

母さんの肩たたきが終わると、眠っている父さんを揺《ゆ》すって、

「父さん。母さんに苦労かけんで、酒やめて、真面目《まじめ》に仕事してくれ。昔の父さんはこんなんやなかった。昔の父さんにもどってくれ」

と耳元で言った。父さんは、

「うん？　なに？」

となにやらムニャムニャ言いながらまた眠ってしまった。父さん一人が悪いのではない。父さんは、家族の生活を守ろうと今まで必死にがんばってきた。そのことは、フミノリにも十分にわかっていた。そして、父さんの力では太刀打《たちう》ちできない、なにか目に見えない大きな力が父さんを押しつぶそうとしていることを感じとれるのだった。

チエミは、すっかり眠っていた。蹴《け》っていた毛布をお腹の上にかけながら言葉をかけた。

「お兄ちゃんは、ちょっと、旅に出てくるから、父さんと母さんのこと頼むで」

フミノリは、自分の部屋へ入って、家族にあてた手紙を書いて、整理された机のまんなかに置いた。もしかして、これが永久の別れになるかもしれないという思いが胸をしめつけた。

『父さん、母さん、チエミ、いろいろ考えて、俺は家を出て行くことにしました。俺のことは心配しないでください。きっと仕事に成功して、また帰ってきます。俺が帰ってくるまで、家を売らないでがんばっていてください』

家族に心配をかけることはわかっていたが、もう止めることはできなかった。フミノリは、大切な家族を救うためにこそ家を出て行くのだった。

朝早くに、神社でアキオと待ち合わせしていた。わずかな着替えとお金を持ってフミノリが神社へ行くと、すでにアキオが来ていて、酒を少しと杯《さかずき》を二つ持って立っていた。

「どうか、いい仕事が見つかりますように……。どうか家族が救われますように……」

フミノリは、神社の神様に一心にお祈りをささげて、アキオが差し出す杯《さかずき》を受け取った。二人は、昔の侍《さむらい》が戦《いくさ》に出陣《しゅつじん》するときに杯をかわして割ったのと同じことをした。

「いざ出陣！　エイ！　エイ！　オォォー！」

気合いの入ったときの声が、境内《けいだい》に響《ひび》きわたった。絶対に成功してやろうという強い決意を胸に秘めていた。

5　母さんの人形

フミノリが家を出ても、父さんは、

「お金がなくなったら、すぐ帰ってくるやろ」

と、また酒を飲んでいた。息子の家出に無関心に見えても、実際はそうではなかった。父さんは父さんなりに、酒を飲みながら最後の手段のことを考えていた。自分の命とひきかえに家族の生活を守ろうと決意がかたまりつつあった。苦しみをごまかすために酒を飲んでいる自分に、いよいよけじめをつけるべきときがきた、と思った。

「お父さん！　フミノリが大変なことになっているのにどうしてお酒ばっかり飲んでるの！　いいかげんにして！」

母さんは、頼りにならない父さんに腹が立って、涙が止まらなかった。そして、酒びたりの父さんのことは放っておいて、姿を消したフミノリを探してさまよい歩いた。

「フミノリ、どこ？　フミノリ、どこ？　どこにいるの？」

目は血走り、髪の毛は逆立ち、狂ったようにフミノリの名前を呼び続けた。食事も口にせず、真夜中でさえ眠らないでフミノリの名前を呼んで探し続けた。同じ道を何度も何度も行ったり来たりして、いてもたってもいられないようすだった。誰でもいいから、〝知ってるよ〟と言ってほしかった。

「フミノリ、帰ってきておくれ！」

行き先がわかる手がかりをなにか見つけようと、フミノリの机のなかを調べた。机のなかからかわいいリボンで飾られた小さな箱が出てきた。小さな箱は、きれいな花柄の紙でていねいに包装《ほうそう》されていた。リボンにそっと添《そ》えられていたメッセージカードを見て、それはキミコに渡そうと思っていたことが読み取れた。

「あら、もう日がすぎているから、あの子、きっと、キミコさんに渡しそびれたのね」

母さんは、小さな箱をそっと元に戻した。本棚《ほんだな》に目を向けると、アルバムが立ててあるのが見えた。アルバムを開いてみると、そこにはフミノリを囲んで楽しそうに笑っている家族みんなの笑顔があった。父さんの稼ぎのよかった頃は、家族旅行へも行ったし、服もたくさん買うことができた。遠い昔の幸せな日々……。母さんは、アルバムのなかのフミノリを、長い時間、指で優しくなでていた。

フミノリがいなくなって三日目、母さんの目は黒く落ち込み、髪《かみ》はまっ白になり、やつれはて て、まるで幽霊《ゆうれい》のような姿になっていた。手を力なくだらりと下げて、足はフラフラで重そうだった。

「どなたか、フミノリを知りませんか？　どなたか、フミノリを知りませんか？」

道行く人に、次々と声をかけていた。誰もが、気持ち悪そうに首をかしげながら、母さんから逃げるようにして去って行った。

母さんのすることが、しだいに普通ではなくなってきた。母さんは、まったく見知らぬ家の玄関のチャイムを鳴らしては、出てきた人にすがりついて、

「こちらにフミノリがおじゃましてませんか？」

と声をかけはじめた。

「さあ、知りませんよ」

そう言われると、母さんは、露骨《ろこつ》に不安な表情を浮かべた。

「どうしてあなたは私のフミノリのこと知らないの？」

「ほんとに知りませんよ」

母さんにすがりつかれた人は、ビックリして、家のなかに逃げていった。すると、母さんは、
次の家に向かって歩きはじめた。

「お母ちゃん、そんなやみくもに探し歩いても、お兄ちゃん、見つからないよ」

とチエミがひきとめても、母さんは、チエミの言うことに耳をかさなくなっていた。

「フミノリは、きっと、どこかにいるはずやから」

とがんこに探し歩いた。

夕方、家へ帰ってきた母さんは、ますます奇妙《きみょう》な行動をとりはじめた。

「フミノリはどこ？　フミノリはどこ？」

家のなかの押し入れやベッドの下を探しはじめた。

「フミノリ、どこに隠れているのかな？」

布団《ふとん》をめくって、

「ここにもいない」

トイレやお風呂のなかをのぞいて、

「ここにもいない」

しばらくのあいだ、家のなかでフミノリをさがし歩いたあげく、自分の寝室《しんしつ》のタンスの上に飾られていた人形を抱きかかえた。

「あら、フミノリ、こんなところにいたのね！」

と言いながら、急に目を輝かせて笑った。

「フミノリ、フミノリ、かわいい子！　いないいないばぁ～、いないいないばぁ～」

そのようすを見ていたチエミが驚いて、

「ちょっと、お母ちゃん、なに言ってるの？　それは人形よ！」

と叫んでも、母さんは振り向きもせず、人形に頬《ほお》ずりし笑っていた。

「お母ちゃん！　それ、お兄ちゃんやない！　人形やで！　ただの人形やで！」

チエミがいくら言っても、母さんは、人形を大事そうに抱えて離そうとはしない。タンスの奥にしまってあった哺乳瓶《ほにゅうびん》を取り出してきて、人形にミルクを飲ませるしぐさをしはじめた。

「さあさあ、フミノリ、たくさんミルク飲んで、はやく大きくなってね」

チエミは、目の前の母さんのしていることが信じられなかった。母さんのなかでなにが起こっているのか？　あわてふためいて、酒を飲んでいる父さんを呼んだ。

「お父ちゃん、お母ちゃんのようすがおかしい！　お父ちゃん！　早く来て！」

父さんは、酒ビンをぶらぶらと下げてやって来た。

「母さんが？　なに？　どうしたって？　ういっ」

「お母ちゃんが、いつもと違うの。ようすが変なの！」

「なんだ？　人形抱いてるだけやろが？　なにが変？」

「見てわからないの？　お母ちゃんは、この人形がお兄ちゃんだと思って抱いているの！」

「冗談《じょうだん》やろ？」

「ほんまよ。お母ちゃんが、狂っちゃった！　お父ちゃん、どうしたらいいの？　どうしたらいいの？　お父ちゃん、助けてあげて！」

チエミは、父さんの体をゆすった。なにもかもがあっという間に壊《こわ》れていく……。チエミは、言いしれない不安に襲《おそ》われて、

「お兄ちゃん、帰ってきて！　早く帰ってきて！」

とすすり泣いた。

家族が取り返しのつかないことになろうとしているのは、いくら酒に酔っているとはいえ、父さんにもわかっていた。死にたいなんて考えている場合ではない。弱い自分に無性《むしょう》に腹がたってきた。

「このままでは地獄や。家族を守らなければ……」

父さんは、持っていた酒を、台所の流し台に捨てた。そして、どん底のなかでも、生きて生きぬいて、息子と娘の行く末を見定めてから死ぬことにしようと思った。父さんは、チエミの肩をギュッと抱き寄せて、悲しそうなチエミの目を見すえた。

「家族みんなにつらい思いをさせてしもた。チエミ、ごめんよ。父さんが悪かった。父さんは、お前たちを守るから。絶対守るからな」

チエミは、母さんを病院へ連れて行くために、フミノリからもらっていたお金を握りしめた。

病院へ行くと、母さんのようすに医師も驚いていた。

「精神的な負担がかなり大きかったようですね。息子さんの家出によるショックで記憶《きおく》を失っておられるようです。そして、息子さんが赤ちゃんだった頃のことを思い出して、お母さんは、その頃の幸せだった気分のなかにはいりこんでしまって、出口がわからなくなっておられるようです。当分のあいだ、今まで通りの生活はできません」

「お母ちゃん、治りますか？」

「なにかのきっかけで元に戻ることも考えられますが、それがいつになるかは予測《よそく》できません。しばらく入院していただいて、ようすをみてみましょう」

医師から入院をすすめられたが、入院費も払えないし、命には別状なさそうなので、そのまま母さんを家へ連れて帰ることにした。父さんもチエミも、じっとつらい気持ちに耐えて、一晩中、眠ることもできなかった。

次の日の朝、激しい雨が降っていた。父さんは、仕事を探すために出かけて行った。チエミは、人形を抱いてぼんやり窓の外を見ている母さんに、

「おはよう」

と声をかけた。

「あっち行っとって！」

返事をした母さんは、今までとはまるで別人だった。母さんの頭のなかは、まだ赤ん坊のフミノリを抱いているときの記憶《きおく》しかないようすだった。チエミのことすらわからなくなってしまっている。チエミは、どうしていいかわからなくなって途方に暮れた。激しく降る雨が、窓をたたきつけていた。チエミは、母さんとともに、窓を伝って流れ落ちる雨をしばらく見ていた。

「お兄ちゃん、ひどい雨なのに、どこにいるの？　お金なくても、チエミはがまんできるから、早く帰ってきて！」

とつぶやいた。チエミは、一番頼りにしているフミノリがいないことに、底しれない不安を感じた。心細くて、悲しくて、自分も狂ってしまうのではないかと思った。

「お母ちゃん、お兄ちゃんはきっとまた帰ってくるから、元気出そうよ」

と、人形を抱いた母親を励ました。

「お母ちゃん、私がなにかおいしいもの作るから、ちょっと待っててね」

チエミは、エプロンをつけて、食事の支度をはじめた。米びつのふたを開けると、なかは空っぽだった。冷蔵庫には、キャベツと人参が少し残っていた。以前に母さんといっしょに作ったことのある野菜炒めを作ろうと、フライパンと油とポン酢を取り出した。

「肉は入ってないけど、がまんしてね」

と、できたての野菜炒めをお皿にのせて、母さんに渡した。チエミから受け取った食事を、母さんは、目を輝かせてうれしそうにして、人形の口へはこんだ。

「たくさん食べて、はやく大きくなってね」

チエミは、悲しくて、食事がのどを通らなかった。そのとき、ピンポーン、と玄関のチャイムが鳴った。夏だというのに、チエミは、母さんがいる部屋以外は、全部窓を閉めきって玄関のカギをかたく閉めていた。また借金の取り立てに誰かがやってくるのが怖かったからだ。チエミは、カーテンのかげからこっそりと玄関の方をのぞいてみた。玄関に立っていたのがキミコだったので、安心して玄関を開けた。

「こんにちは、チエミちゃん。フミちゃんが行方不明ってホント？」

チエミは、こっくりとうなずいた。キミコは、チエミのかわいらしい手を握った。

「フミちゃんのお友達のアキちゃんもいっしょみたいやし、きっと大丈夫よ」

「お兄ちゃん、帰ってくるかな？」

「絶対帰ってくるから、大丈夫！」

「お母ちゃんも、おかしくなっちゃった」

「おかしくって？」

「キミコさん、こっち来て、お母ちゃんのようすをちょっと見てよ」

キミコは、チエミが案内する方へとついて行った。人形相手に笑っている母親の姿を見てびっくりした。

「お兄ちゃんがいなくなってから、頭がおかしくなっちゃったの」

チエミが家族のことを心配して小さな胸を痛めていることが、キミコにはよくわかった。台所には、チエミが作ったらしき料理があった。キャベツを油で炒めただけの野菜炒めを見て、ボロボロと涙がこぼれてきた。

「これから、お姉ちゃんがごはん作ったげるから、チエミちゃんは、心配しなくていいよ」

キミコは、チエミの髪をそっと優しくなでた。

「あっ、そうだ。キミコさんに渡すものがある」

チエミは、フミノリの机の奥にしまいこんであった、小さな箱とメッセージカードをキミコにさしだした。

「これ、お兄ちゃんが、キミコさんに渡そうと思っていたようなの。勝手に渡したら、お兄ちゃんに叱られるかもしれないけど、届けときます」

「ありがとう。もらっていいのね？」

「お兄ちゃん、机に隠しているより、そのほうがいいと思うの」

「大事にするわね。私、また来るから。チエミちゃん、大丈夫だから、心配しないでね」

キミコは、家に帰って、医師をしている父親に相談してみた。

「お父さん、フミちゃんの家、今、大変なことになってるの」

「大変って？」

「お父さんが事業に失敗して、フミちゃんが家出して、お母さんが精神病になって、チエミちゃんが家事して……」

「うわぁ、そら大変やなぁ。いつからそんなことになったんやろ？」

「お父さん、私、フミちゃんのこと、助けてあげたい」

「助けるって、どうしたらいい？」

「食べ物すら買えなくて困ってるみたいだから、お金だけでもなんとかしてあげたい」

「他人の家計のことまで、お父さん、背負いきれないなぁ」

「お父さん、少しだけお金を貸してあげてよ」

「お金貸しても、たぶん、返ってこないと思うよ」

「フミちゃんが、大きくなって、きっと返してくれるから」

「そんなこと信用できるかな？」

「私は、フミちゃんのこと信用してる。お父さん！　お願い！　助けてあげて！」

「キミコ、お前、もしかしてフミノリ君のことが好きなんか？」

「私は、人が溺《おぼ》れかけているのを、黙って見ていることができないの！」

キミコは、お父さんの腕にすがり、懇願《こんがん》した。

「キミコ、借金ったって、事業の失敗の借金なら、たぶん、小さな金額ではないやろ?」

「借金の返済とまで言わなくても、毎日の食事の手助けくらいなら、なんとかできるでしょ?」

「よし、わかった。今まで一度もわがままを言わなかったキミコのお願いや。とりあえず、当面の生活費くらいはなんとかしよう」

「それから、フミちゃんのお母さんを診察してあげてほしい」

「わかった。そうしよう」

「ありがとう、お父さん!　一生感謝するから!」

キミコは、父親にお金をもらって、早速フミノリの家に向かった。途中、どっさり買い物をして、冷蔵庫のなかを食べ物でいっぱいにした。

「チエミちゃん、食べることは心配しなくていいよ。また、なにかほしいものがあったら電話してね。電気とか水道も止められないようにしておくから大丈夫。あっ、それから、フミちゃんが家出したってウワサが流れとるけど、そんなこと気にしたらあかん。フミちゃんは、絶対に帰ってくるから」

チエミは、キミコの言葉にニッコリ笑った。

「ありがとう、キミコさん」

チエミは、誰を頼っていいのかもわからなかったが、キミコの登場で救われたような気持ちになった。母さんは、チエミやキミコに対してはまったく無関心だった。あいかわらず窓際《まどぎわ》に座って、外の景色《けしき》を眺《なが》めたり、人形になにか話しかけたりしていた。近づくと、大事な人形を盗《と》られないよう警戒《けいかい》して、きつく抱きしめて向こうを向いた。体は向こうを向いていても、目はギロリとこちらをにらみつけているのだった。

6　勝　負

フミノリは、神戸駅に降り立つと、アスファルトに照り返す真夏の日差しと、たくさんの人と車に圧倒された。山に囲まれた丹波市の風景とはまるで違う世界だった。フミノリにとって、頼りになるのはアキオだけ。

「腹が減っては戦はできぬ」

と言いながら、アキオは、コンビニのなかへ入って行った。おにぎりと求人誌を買い、駅の片隅《かたすみ》に座り込んだ。

「なんか俺にもできそうな、いい仕事ないかなぁ？」

求人誌を見て仕事を選んでいるだけで、すでに就職がきまったような気分になってきた。フミノリが、

「これいいかも」

と言うと、アキオが、おにぎりを食べながら、

「どれどれ」

と言って本をのぞきこんできた。

「なになに、電気製品製造事業拡張《せいぞうじぎょうかくちょう》につき社員急募《きゅうぼ》、初任給《しょにんきゅう》一五万円、年齢不問《ねんれいふもん》、社保完備《しゃほかんび》、社宅《しゃたく》ありだって！　いいねいいね！　ここ行ってみよう！」

会社の場所を人にたずねながら、一時間かけて会社の玄関にやってきた。

「ごめんください。求人誌を見てやってきました」

と言うと、二人は応接室に通された。しばらくして、社長さんらしき人がやってきた。

「こんにちは。君たちは、大変若く見えますが、いくつですか？」

「一五歳です。丹波市からやってきました」

「一五歳では、うちではちょっと採用《さいよう》できないねぇ。悪いけど、ほかを当たってもらえますか」

「でも、求人誌に年齢不問って書いてありましたけど？」

「次回から、一八歳以上と書くことにするからね。ごめんね」

あっという間に面接は終わってしまった。二人は、しかたなく会社を出た。

「ここよさそうやったのに、残念やなぁ」

とフミノリが肩をおとすと、アキオは、

「やっぱり、一五歳って正直に言うたんが間違いやった。俺たちの作戦ミスや。次は、一八歳でいこう」

とフミノリを励《はげ》ました。

「そんなウソはすぐにバレるやろ？」

「ウソは最後までつき通したら真実になるって、誰か言うてたで」

「そうかなぁ？　そんなうまいこといくかなぁ？」

「大丈夫やって。フミちゃんは、臆病《おくびょう》やなぁ」

アキオは、強引にフミノリの手をひいて、第二候補《こうほ》の清掃派遣会社《せいそうはけんがいしゃ》に向かった。

「求人誌を見てきたんですが？」

二人は、やはり応接室で、社長さんらしき人と面接した。

「君たちは、年はいくつですか？」

「一八です」

「車の運転免許はありますか？」

「ありません」

「ここの仕事は、車であちらこちらと移動することが多いから、車の運転免許がないと無理ですね」

またまたあっという間に面接は終わってしまった。

「けっこう、就職ってむずかしいもんなんやなぁ」

「俺たちは、まだ子どもで、一人前には扱ってもらえへんみたいやな」

「印刷方面はどうや?」

「印刷会社はやめとこ。いろいろといやなこと思い出すから。父さんが印刷会社つくろうとして失敗してる」

「アルミ缶を集めたらお金になるって聞いたことあるで?」

「そんなことしても、たいしたお金にならんと思うで」

もう、午後五時になっている。今日は、これ以上仕事をさがすのは無理だった。二人は、神戸の繁華街《はんかがい》へ向かった。おいしそうなものもたくさん売っていたので、二人は、夜ごはんになにを食べようかと、あたりをキョロキョロしながら歩いた。

「フミちゃん、俺、神戸来たん、はじめてや。神戸はおしゃれな街やし、なんでも売ってるなぁ」

「そうやなぁ。金のなる木があったら買いたいなぁ」

「そんなええもんあったら、だ～れも生活に困らんやろ」

ギラギラ光るパチンコ屋のネオンがアキオの目をうばった。

「フミちゃん、パチンコしたことあるか？」

「いいや、パチンコなんてしたことない」

「もうかるらしいで」

「一八歳までしたらあかんのちがう？」

「一八歳や言うとけばええ」

「バレたら警察もんやで」

「バレたらさっさと逃げたらええ。人は、みな、俺のことを、勝負の天才アッキーと呼ぶ」

「ほんまかいな？　そんなことだ～れも言うとらんでぇ」

「パチプロっちゅう職業もあるんや」

「中学生でパチプロなんてどっこにもおらんで。なんやおっそろしーなってきたな。けど、やりかた知ってる？」

「知ってる。前に、うちのおやじがパチンコしてるの見たことがあるから」

「アキちゃんは、勝負師やな。せやけど、バクチなんか危ないで。最初はうまいことといったとしても、最後は身を滅《ほろ》ぼすと思うで」

アキオは、フミノリの不安をよそに、闘争心《とうそうしん》をメラメラと燃えあがらせていた。

「フミちゃん、お金いくら持ってる?」

フミノリは、ポケットから財布を取り出して、全財産がいくらあるか数えた。

「五千円と三五〇円」

「おれ七千円持ってるから、二人合わせて一万二千円ちょっとや。これだけあったらいけるやろ。うまいことといったら二倍三倍になるで」

「ほんまか?」

「ほんまや。よし、がっぽりもうけて、なにかうまいもん食べよう」

「けど、やっぱりやめたほうがええんとちがうか? リスクが大きすぎるし……」

「それやったらこうしよう。俺が靴《くつ》を投げるから、もし表が出たらパチンコ勝負する、もし裏が出たら勝負しない、横向いたらもう一回やり直し。これでどうや?」

「まぁええけど、なんや行きあたりばったりやなぁ」

アキオが足を振って、靴をポンと空中に放り投げた。靴は、表向きになった。

「ほら、天の神様は、勝負しろと言ってる」

パチンコ屋のネオンは、チカチカと二人を派手に歓迎《かんげい》していた。二人は、ほんの束《つか》の間、楽しい夢をみた。勝負に勝って、お腹いっぱいおいしいものを食べたい、そんなちっぽけな夢だが、その夢が二人をしばりつけてはなさなかった。店のなかは、冷房《れいぼう》がきいていて、調子のよい音楽がかかっていて気持ちよかった。店のなかをグルグル回っている店員は、二人が若すぎることに気がついたが、見て見ぬふりをして通りすぎて行った。

アキオは、玉のよく出そうな台を探して座った。まずは、千円分の玉を買って、おそるおそる打ってみた。

「とにかく、7やら3やら、同じ数字が三つそろったら勝ちや」

「よし、頼むで」

二人は、ドキドキしながら、数字が三つそろうのを待った。しかし、千円分の玉は一〇分間もたたないうちになくなってしまった。二千円、三千円とつぎこんでみたが、いっこうに数字はそろわなかった。まわりのようすを見てみると、足元にたくさん玉を積んでいる人、怒ったように台をにらんでいる人、タバコに火をつけている人、おじさんやおばさんや、いろいろな人がいた。玉をどっさり積んでいる人がうらやましかった。

「あんなに玉出たらいいなぁ」

とフミノリが言うと、

「よし、俺もあんだけ出したるから、待っててちょ!」

アキオが自信満々なので、フミノリは、アキオに任せることにした。

数字が三つそろいそうになっても、最後につるっと外れる。

「この台、おかしいなぁ。電池切れか?」

アキオは、負けるわけにいかないとだんだんと勝負に熱くなっていた。そして、とうとう、一万円使い込んでしまった。

「おーっ、なんちゅうこっちゃ! 一万円、全部吸い取られてしもた! この機械ひどいことしよるなぁ!」

「あと二千円ある。この台、もうすぐ出そうやし、もしかしたら大逆転できるかもしれへん。あと千円だけやってみよか?」

「ほんまにもうやめとこ。運のつきや。今晩のごはんも食われへんようになる」

「そうやなぁ。パチンコ作戦は失敗か」

席を立ったアキオだが、まだ未練《みれん》があるようだった。フミノリは、アキオの腕を引っぱって、とにかく早く店を出ようと思った。

「こんな店、二度と来るか！　つぶれてまえ！」

アキオは、くやしまぎれに、落ちていた空き缶を踏《ふ》みつぶした。就職活動もパチンコも失敗した二人は、だんだん空《むな》しくなってきた。

「ああ～、もったいないことしてしもた。フミちゃん、ごめん」

「してしまったことはしょうがない。もう、お金、返ってこやへんし」

「金は天下のまわりものって言うけど、俺らんとこにはぜんぜん回ってこんなぁ」

「そうや、よそばっかり行きよる」

「困った、困った、困ったなぁ」

「困ってるのは、もう何ヵ月も前からや」

「それにしても、腹減った！　寝るとこもないし、どうしよう？」

フミノリは、忍者のような格好《かっこう》をした。

「忍法《にんぽう》、腹いっぱいの術、エイッ！」

「そんなもんで腹いっぱいになるかいな！」

「まぁ、とにかく、なんとかしてこの苦境《くきょう》をのりきらなしょうがない」

コンビニでおにぎりとお茶を買って、公園のベンチで眠ることにした。ベンチは、ゴツゴツとしていて狭いが、なんとか眠ることができた。公園の茂みには、ダンボールでかこった小屋で暮らしているホームレスの人がいた。形のゆがんだ鍋《なべ》、汚れた毛布、ボロボロに破れた雑誌などに囲まれて、寝ているのが見えた。フミノリは、もうすぐ自分もあんなふうな生活になるのかなぁと思った。

7　一五歳の詐欺師

神戸での二日目の朝、汗がべっとりと体にまとわりついて、全身がかゆくなってきた。お風呂に入りたいと思ったが、それは無理なので、パンツ一枚になって、公園の噴水《ふんすい》を浴びた。体はスッキリしたが、心は焦《あせ》りと不安で苦しかった。持っているお金は、二人合わせてもあと二千円足らず。どんな手を使ってでも、お金を手に入れたかった。

「アキちゃん。疲れたな?」

「もう限界!」

「どうしよう? このままでは行き倒れになってしまいそうや」

「困ったなぁ。家にも帰れへんし……。やっぱり、世の中って厳しいなぁ、思った以上に……」

二人はしばらく黙りこんでいた。お腹がギューッと鳴った。

「アキちゃん、ネコになりたくない？」

「なんで？」

フミノリは、まだ小さな子どものネコがゴミ袋を食いちぎっているのを指さした。

「なるほど」

「ネコは気楽でいいなぁ。食べては寝て、食べては寝て。俺はネコになりたい」

「最近のネコは、ええもん食いすぎて、ネズミもつかまえへんらしいぞ。ネコも、もっと働かニャ！」

「アキちゃん、あのネコ、野良《のら》ネコかな？」

「首になにもついてないし、たぶん野良ネコやろな？」

「かわいいから、ちょっとつかまえてくる」

「フミちゃんは、神戸までネコつかまえに来たんか？」

「俺、ネコ好きやから」

「そういえば、キミちゃんもネコみたいな顔してるなぁ」

子ネコは、簡単につかまった。フミノリの腕のなかでニャーニャー鳴いて、食べ物をねだっていた。

「このネコ、どうする気？」

「飼う」

「ええーっ？　そんなもん連れて歩いてたら、仕事探しでけんやろ？」

「ダンボール箱に入れて隠しとけばええ。俺の新しい家族や」

アキオは、最初は冗談だと思っていたが、しだいにフミノリが本気だとわかってきた。

フミノリは、牛乳を買ってきて、子ネコに飲ませた。おいしそうにペロペロと牛乳をなめている子ネコを見ていると、かわいらしくて、楽しかった。名前をどうするかを考えていたが、突然ひらめいた。

「よしっ、ネコの名前は、キミコにしよう」

「えーっ？　フミちゃん、キミちゃんのこと忘れるんやなかったんか？」

「ネコのキミコとなら、仲よくできそうやし」

「まぁ、好きにしたらええけど、フミちゃん、俺、このネコ見てたらいいこと思いついた。こうなったら新しい事業をおこそう！　あり金はたいて商売や！　名付けて『まねきネコ作戦』や。フミちゃん、ついて来て！」

「ええーっ？　なんやねんな？　まねきネコ作戦って？」

「いいからいいから。ついてくればわかるって！」

アキオは、フミノリの手を引っぱって行った。

「アキちゃん、どこへ行くつもりや？」

「いいからついて来て」

「アキちゃんは、いろいろと作戦たててくれるけど、今まであんまりうまいことといった作戦ないしなぁ。ホント、大丈夫かなぁ？」

「俺の力を信じてないいな？」

「そりゃ、信じてるけど……」

「けど、なに？」

「けど、きのう、パチンコでひどい目にあったばっかりやし」

「だから、一発逆転や」

アキオは、百円均一の店へ入って行った。そして、あり金を全部はたいて、ノート、ボールペン、セロテープ、ホッチキスなどの事務用品をいくつか買いこんだ。そして、店で小さな紙の箱をもらって〝福祉カンパにご協力ください〟と書きこんだ。それを持って、家を一軒一軒まわりはじめた。

「ごめんください。私たちは、中学校で、福祉のカンパ活動に取り組むことになりました。この事務用品、一つ三百円でご協力いただけませんか？」

「ああ、ご苦労さん。カンパだからひとつ買っとくよ」

「ありがとうございます」

アキオは、百円ショップで仕入れた品物に三倍の値段をつけて、次々に売りさばいていった。

「子どもたちがこんなにがんばっているんやから、協力させてもらうで」

と、二つ、三つと買ってくれる人がたくさんいた。なかには、

「暑いのに、ご苦労さん」

と、冷たいジュースまで出してくれる人もいた。仕入れた品物は、あっという間に売り切れた。アキオは、また新しく品物を仕入れてきて、さらに売って歩いた。そして、いつの間にか、アキオの手のなかには千円札が二五枚あった。アキオは、思った以上にうまくいったので快感《かいかん》を感じていた。

「フミちゃん、商売大成功や。みんないい人や」

「そうやなぁ。けど、アキちゃん、これって、詐欺《さぎ》やない？」

「そうや、詐欺《さぎ》に近い商売かも」

「詐欺師《さぎし》は職業と言えるんかなぁ？」

「裏稼業《うらかぎょう》や。生きていくためにはしかたないやろ？」

「警察もんやで、ほんまに。刑務所入って、きっついお仕置きされるで」

「きっついお仕置きって、どんなお仕置きや？」

フミノリはおしりを突きだした。

「おしりペンペン百回！」

「そりゃ痛そうや！　で、刑務所って、どんなとこやろ？」

「さてなぁ、行ったことないけど、鉄格子《てつごうし》のなかに閉じ込められて、あんまり楽しいとこではなさそうやで」

「そんでも、まっ、とにかくお金が手に入ったんで、なにか食べに行こう」

「そうしよう。食べにゃ元気でんもんなぁ」

「神戸でうまいもんってなんやろ？」

「さあなぁ？　誰かにきいてみよう」

二人は中華街へ行って、ラーメン、餃子《ぎょうざ》、中華まんをお腹いっぱい食べた。そして、次の日も、まねきネコ作戦で二万円稼いだ。

「フミちゃん！　この調子やったら、百万円も夢やないで！」

アキオは、作戦成功で調子をあげて興奮《こうふん》していた。

「俺たちがまだ子どもやから、大人がそれにだまされてるだけやで。俺の父さんは、英会話セットの訪問販売で苦労してたから」

フミノリは、父さんの働く姿を思い出した。今、自分がしているように、一軒一軒訪問して頭を下げて歩いていた父さん。きっと、いろいろな苦労があったであろうことは、容易《ようい》に想像できた。

夏の暑さをしのぐため、二人並んでかき氷を食べていると、突然、アキオの携帯電話が鳴り始めた。

「キミちゃんから電話やで。どうするフミちゃん？」

「どうせ早く帰って来いって言われるだけやから、無視しとこ」

「ほな、電源切っとくで」

「そうやな。俺には、このキミコがいるから満足満足」

そう言いながら、フミノリは、手のなかの子ネコの頭をなでた。

フミノリの家族のようすを伝えたくて、キミコは、何度も何度もアキオの携帯に電話をかけた。しかしアキオの携帯からなにも返事が返ってこないので、キミコは腹がたってきた。

「なんで電源切るわけ？　アキオのアホタレ！　今度会ったらタダじゃおかないから！」

キミコは、

「あほ！　あほ！　あほ！」

とメールに書き込んで送信した。


フミノリとアキオは、さらに三日間、同じようなことをやり続けた。ところが、福祉カンパもいつまでもうまくはいかなかった。カンパ箱と子ネコを抱く二人の姿になにかおかしいと疑いをもつ人もあった。

「私は、中学校のPTA役員してるけど、生徒が福祉カンパしてるなんて聞いてないけどなぁ。ちょっと確かめてくるから待ってて」

と家の奥に入った主婦がいた。ウソがばれそうになってきた。

「こりゃヤバいぞ」

二人は後ずさりして、さっさとその場を逃げた。身を隠しながらうしろを振り向くと、さっきの主婦が隣近所《となりきんじょ》の人を呼び集めているようすだった。

「カンパだといってお金を集めている怪しげな少年二人よ！　どこへ行ってしまったのかしら？」

「どんな格好してた？」

「一人は福祉カンパの箱をかかえてて、もう一人は子ネコを抱いていたのよ」

「じゃ、手分けして探そう」

アキオは、あわててゴミ箱をさがして、カンパ箱を底の方に捨てた。

「きっと、俺たちのことを話しているに違いない。もうすでに警察にも連絡されているかもしれん。えらいことになってきたで！」

「どうなるやろ？」

「手錠《てじょう》かけられるまえに、とにかく逃げよう」

二人は、逃げながらも、道行く人たちの視線が自分たちに向けられているような錯覚《さっかく》をおこした。人のいないビルのかげに逃げ込んでしまうと、へなへなとしゃがみこんだ。

「俺たちの似顔絵が出回ったりしたら、いややなぁ」

「もう一二万円稼いだし、『まねきネコ作戦』はやめて、これをもとでにまたなにか新しいことしよう！」

アキオが、千円札の札束《さつたば》を扇《おうぎ》の形にして、フワフワと顔をあおいでいた。

「人をだまして稼いだお金でも、お金はお金。これでしばらくは食べることができる」

アキオは、ちょっと安心感がうまれてくるのを感じた。しかし、フミノリは、人の良心を裏切るおこないをしたことに罪の意識を感じ、いつ警察に捕まるかとビクビクしていた。

8　占い

ふと前をみると、『占いの館』と書かれた看板が目に入った。古めかしい小さな建物で、店の入口には、七色に光る小さな貝殻《かいがら》をいくつもヒモでつないだのれんが下がっていた。大きな鹿の角やらトラの毛皮も飾られていた。

「アキちゃん、この店、おもしろそうやなぁ。俺たちにどんな運命が待っているのか、ちょっと占ってもらおうよ」

「占いなんて、どうせインチキやで」

「インチキかも知れんけど、困ったときのおまじないや。闇《やみ》に光を当ててくれるかもしれんで」

「よし、じゃあ、試してみよう。大吉やったらええけど」

「占いは、おみくじやないで。手やら顔やらにどんなシワがあるかをみて、人生を当てるゲームや」

「そうか。なんかええこと言うてくれたらいいけど」

二人が店ののれんをくぐってなかに入ると、予想通り、意味不明の怪《あや》しげな飾りがたくさんあった。壁には鳥の羽が一面にはりつけられていた。

「あらいらっしゃい。あなた方は、運命に導かれて、ここにやってきたのね？」

そう言って声をかけてきたのは、黒い服をまとって魔女みたいな格好をした女性だった。

「今日の私はとっても調子がいいから、どんなことでもピタリと当てましょう」

占い師は、フミノリが抱いている子ネコに目をとめた。

「まぁ、かわいいネコちゃんだこと。このネコちゃんは、いいネコちゃんよ。名前は、なんていうのかしらね？」

「キミコやで」

「キミコ。この子ネコちゃんは、幸運を呼ぶネコよ。私にはわかる。よしよし、キミコちゃんや、かわいいねぇ」

占い師は、楽しそうに子ネコをなでまわしていた。

「で、あなたたちはなにを占ってほしいのかしらね？」

二人が黙っていると、

「おやおや、私の占いを疑《うたが》っているのね？　私の名は、クリスティよ。ここらあたりじゃ、ちょっと名の知れた占い師なのよ」

アキオは、店のなかをぐるっと見渡して、

「名が知れてるにしては、お客さんいないけど？」

と冗談《じょうだん》まじりに言った。

「あれまぁ、あなたなかなか言うわね。私の占いは、動物さんたちの力をもらっているから、なんでもよく当たるのよ。あなたたちは、見たところまだ子どものようだから、半額にしとくけど、どう？」

店のなかには見料《けんりょう》がどこにも書いていなかったので、たぶん、交渉《こうしょう》しだいで金額が変わるのだろうとフミノリは思った。

「半額って、いったいいくら？」

「一回につき二千円。あら、あなた、ちょっと不吉《ふきつ》な相が出てるわね？」

「不吉って？」

「あなたの背中に、どっかりと魔物が座っているのが見える」

「ええーっ、魔物が！」

「ちょっと、ここ座って」

フミノリは、うまくのせられて、占いの結果に興味津々《きょうみしんしん》になっていた。占い師は、数珠《じゅず》のような奇妙《きみょう》な道具を持ち出して、フミノリの頭の上に振りかざした。

「どれどれ、う〜ん、あなたは、どうも、道に迷いこむ相があるようね。一度道に迷ってしまったら、方角がわからなくなってしまいそう。この相の人は、選択しだいで天国にも行くし、地獄にも行く。一つ間違えると、もう元には戻れないから十分注意が必要ねぇ」

「間違えないようにするには、どうしたらいい？」

「あなたは、ちょっと用心深くて逃げ足の速い、ネコタイプの性格だわね。だから、攻めぎわと引きぎわをよく考えて、タイミングを間違えないようにすると、何事もうまくいきそうよ」

となりで聞いていたアキオが、急に口をはさんだ。

「当たってる！　確かに、フミちゃんは、ネコタイプ！　俺はなにタイプ？」

「どれどれ、じゃあ、あなたも占ってあげましょう」

占い師は、数珠《じゅず》のような奇妙な道具を、今度はアキオの頭の上に振りかざした。

「あなたは、こうと決めたらどこまでもまっすぐに突き進んでいく、イノシシタイプの性格ね」

「おおーっ！　おみごと！　当たってる！」

「あなたは、とても度胸《どきょう》があるから、将来、どうやら仕事には成功しそうね。たぶん、政治家かなにか、社会を大きく動かす仕事につきそうね」

「いいこと言うねぇ！　占いって、おもしろい！」

「それに」

「それに？　なに？」

「頭がはげる相がでている」

「ほんまかいな？」

「それに」

「えっ？　それに？　なに？」

「結婚に失敗する相がでている」

「そりゃえらいこっちゃ！　俺、結婚が一番楽しみやのに！　イノシシタイプは、女の子にはもてないのかな？」

「もてなくはないけど、まっすぐ行きすぎて、女の子のナイーブなところを見落としてしまう欠点があるのよ」

「それやったら、女の子にもてるタイプは、なにタイプ？」

「そうねぇ。いろんなタイプがあるけど、女の子が恋の相手に選ぶのは、一撃《いちげき》でしびれてしまう電気ウナギタイプとか、楽しい思いをさせてくれるいたずらなサルタイプが多いねぇ。結婚相手にいいのは、のんびりで守りの堅いカメタイプとか、心優しいイルカタイプね。それに、やっぱりなんと言っても最高なのが、龍《りゅう》タイプよ。天空を自由に優雅《ゆうが》に舞う龍には、どんな女の子もいちころにまいってしまうものよ」

「じゃ、俺は、龍タイプをめざそう」

「龍タイプは、天性のものだけど、あなたは、もしかしたら龍タイプになれる可能性はあるわよ」

「よっしゃー」

アキオは、胸の前で、ギュッと握りこぶしを作って喜んだ。

「ところで、龍は、翼《つばさ》がないのに、なんで空を飛べるんやろ？」

「龍は、架空《かくう》の生きもの。でも、天に向かって昇っていくようすは、よく、人の出世《しゅっせ》物語にたとえられることは知ってるでしょ？」

「知ってるで」

「龍と虎の戦いみたいに、強いものの代表としてよく出てくることも知ってるでしょ？」

「知ってるで」

「かっこいいと思うでしょ？」

「思う思う。俺は今日から龍タイプや」

「そうよ、その意気込みでいかなきゃね」

フミノリが関心をもっていることは、やはり、貧乏から抜け出す方法をさぐりだすことだった。

「あのー、お金持ちになれるのは、なにタイプ？」

「そりゃ、コツコツと貯《た》め込むネズミタイプか、一攫千金《いっかくせんきん》をねらうライオンタイプか、そのどちらかでしょうね」

「『はたらけど、はたらけど、なお、わがくらし楽にならざり、ぢっと手を見る』って、昔、石川啄木《いしかわたくぼく》っていう人が言うとったそうや。この言葉聞くと、胸がじぃーんとくるで。俺、貧乏神にとりつかれてしもて、困っとるんや。俺んちの場合、お金をもうけようと思ってお金使ったら、なんでかお金がほとんど全部なくなってしまうんや。なんとかならんもんやろか」

「どうやら、あなたの背中の魔物は、貧乏神のようね。貧乏神ってやつは、あなたが、よく勉強してよく働いていれば、いつの間にかどこかに行ってしまうでしょう」

「俺は、幸せになれるやろか？」

「もちろんなれるから心配しなくていいわよ。幸せは、遠くにあるように見えても、意外と近くにある場合もあるからね。小さな幸せならあちらこちらにちらばってるものだし、大きな幸せも決してつかめないものではないのよ。ただ、大きな幸せは、時間をかけて、強い意志をもって努力しないとつかめないものなの。あなたは、若いし、チャンスは必ずやってきますからね」

「ところがどっこい、チャンスはつかめそうでつかめない」

「ヤケにならないように、あせらずがんばりなさい」

「貧乏がつらくて、ヤケクソになりそうや」

「なにも、お金持ちになることだけが幸せじゃないからね。人の生活にはお金よりも大事なものがあるから、それをしっかりつかみなさい」

「お金よりも大事なもの？　それなんやろ？」

「あっ、そうそう、あなたたちには、このお守りが必要ね」

占い師は、フクロウの模様《もよう》がある小さな袋を取り出した。袋には、長いひもがついていた。

「これは、悪いことが起きそうになると、さっと身をかわしてくれるという、ありがたいお守りなんやから。肌身《はだみ》はなさず大事に持っているといいわよ」

「そりゃええお守りや。これ、いくら？」

「ひとつ千円。千円で幸せになれるんやから、安い買い物やと思うけど、いかが？」

「わかった。それもらっとく」

占い師は、お守りを二人の首にかけた。

「このお守りは、たえず身につけておくのよ。私がここから、このフクロウの目を通して、あなたたちの行く末を見ているからね」

「えっ、フクロウの目？」

「そうよ、フクロウの目で、どんな暗闇《くらやみ》のなかでもよく見てるからね。魔物がやってきたら、こっそり横へ隠れて、魔物が行きすぎるのをじっと待つの」

「ほんまかうそかようわからんけど、信ずる者は救われるや。首にしっかりぶらさげとこ」

お金を払って店から出て行こうとする二人を、占い師が呼び止めた。

「ちょっと、あんたたち、困っているようやけど、スズメバチタイプになんか、なったらいけないわよ。いくら生きていくためとはいえ、毒針で相手を刺し殺すようなことはしてはダメよ。大事なのは、愛。お金ばかりに目をうばわれずに愛を一番大事にしていたら、きっと幸運をつかむことができるからね。成功を祈ってるよ」

「うん、わかった」

「あっ、それから、そのネコもかわいがってあげるのよ」

「うん、わかった」

二人は、店を出ても行くあてもなかったが、少し気が晴れた。

「フミちゃん、俺、占い、気に入ったで。占いっておもしろい。占い研究会つくろう」

「アキちゃん、さっき、占いはインチキやって言うとったやろ？」

「占いでひともうけできるかもやし、女の子にももてる気がしてきた」

「アキちゃんは、政治家になって、占いで政治すればいい。楽しい人生おくれそうやなぁ」

「俺は、龍タイプめざすんや」

フミノリは、なんでも挑戦的なアキオの性格がおもしろかった。そして、アキオから力と元気をもらうのだった。

9　天罰と勇気

二人が神戸へやってきて、ちょうど一週間がたった。六甲山に向かって曲がりくねった道を歩いて行くと、いかにも裕福《ゆうふく》そうな大きな家があった。石川と表札がかかっていた。インターホンを鳴らしても返事がない。アキオは、家の窓が開いたままになっているのを見つけた。

「フミちゃん、こうなったら、手っ取り早く金を稼ごう。俺はゴエモンになるから、フミちゃん、ここで見張り役しとってくれる？」

「ゴエモンって、もしかして、泥棒《どろぼう》する気？」

「ピンポーン！　お金持ちからなら、ちょっとくらいお金をわけてもらっても、どうってことないやろ？」

アキオもフミノリも、お金持ちをねたむ気持ちがあることは否定できなかった。

「そりゃ、お金持ちからちょっとくらいお金ちょうだいしても、お金持ちは痛くもかゆくもないやろけど、やっぱり、それはやばいなぁ。もし見つかったらどうする気？」

「泣いたらいい。涙見せたら許してくれるかもしれへんで」

「それは甘すぎるでぇ！　あんまり気がすすまんなぁ」

「ここまできたら悪いことついでや」

「釜《かま》ゆでの刑になるで、二人とも」

「フミちゃん、なにをブツブツ言ってるんや？　さっさと金稼《かせ》いで、はよ逃げるで。もし誰か来たら、福祉カンパ活動や言うて、うまいこと気をそらしといてくれる？」

「それにしても、アキちゃん、めっちゃ危ない性格やなぁ」

「ゴエモンもタクボクも石川や。それにこの家まで石川やから、俺ら、どうやら、石川って名前に縁《えん》があるみたいや」

ネコのキミコは、フミノリの方を見てひどく鳴いた。

「キミコが、やめとけ言うてるで」

「フミちゃんは、ネコ語がわかるんか？」

「キミコの目がキラッと光って、なんか背中がゾクッとしたんや。やっぱり、やめた方がええで」

アキオは、すでに靴を脱いで、家のなかに侵入《しんにゅう》する準備を整えていた。フミノリは、あたりをキョロキョロ見回して、人が見ていないか確認した。罪の意識がチクチクと心臓を突き刺し、鼓動《こどう》が激しくなるのを感じた。本当は、盗みなどしたくなかった。

「フミノリ！」

急にどこかから母さんの呼ぶ声が聞こえた。ドキッとして振り向くと、誰もいない。
「なんや、空耳《そらみみ》かな？　母さんがこんなところにいるはずがない」
ひとりごとを言いながら、アキオが窓から侵入するのを見届けた。すると、

「フミノリ、帰ってきなさい！」

ふたたび母さんの声が聞こえた。振り向くと、その声は、はるか山の向こうのほうから聞こえたように感じた。いくつもの山を越えて、丹波に住む母さんの声が届いたのだと思った。あわててアキオを止めようと思ったが、アキオは、もうすでに家のなかに入っていて間に合わない。

アキオは、家のなかに誰もいないか警戒《けいかい》しながら、ぬき足さし足、そろりそろりとお金の匂いをかぎまわって長い廊下《ろうか》を歩いていた。一番奥の部屋にたどり着いて、いくつか机の引き出しや戸棚《とだな》をゴソゴソしてみた。大きな家具の引き戸を開けてみると金庫があった。しかも、カギがさ
さったままになっていた。アキオが、そっと開けてみると、案の定、お金がどっさりと入ってい
た。見たところ、五～六百万円くらいありそうだった。アキオがお金に手を触れようとしたと
き、突然、うしろから男の声が聞こえた。男は、カッと目を見開いてアキオをにらんでいた。

「コソ泥め！」

アキオは、顔をなぐりとばされた。

「痛っ！」

アキオの唇《くちびる》が切れて、血が流れた。相手は二メートルほどもある、まるで熊のように強そうな大男。格闘《かくとう》してもとても歯がたちそうにない。死んだふりしようかと思ったが、そんな子どもみたいなことをしても逃げ切れそうにない。アキオは、覚悟を決めた。

「お前、ガキのくせに大胆《だいたん》やなぁ。盗ったものを出せ！」

男がアキオにつめ寄って、アキオの腕をねじあげた。アキオは、腕が痛くて動くことができなかった。

「早く出せ！」

男は、アキオの腕をますます強くねじあげた。

「痛っ！　痛っ！　助けて！　なにも盗ってません！」

アキオはうめき声をあげて苦しんだ。

「うそつくな！」

男がアキオのすねを蹴《け》って、床に引き倒し、『まねきネコ作戦』で稼いだお金をポケットから取り出した。

「あっ、それは俺のお金」

「アホか！　今金庫から盗んだ金やろが！」

男はアキオの頭をたたいた。

「痛いっ！」

アキオは悲鳴《ひめい》をあげた。男は、アキオを許す気などさらさらないようすだった。

「お前、警察に突き出したろ！」

お金はもういらないから早く逃げようと伝えるため、フミノリは家のまわりを歩いてなかのようすが見える窓を探した。すると、大男につかまって押さえつけられているアキオの姿が見えた。

「こりゃ、ヤバイ」

と思ったが、どうすることもできない。

「落ち着け、落ち着け」

と自分に言い聞かせて、

「なにか、アキちゃんを救う方法がないものか？」

しばらく考えたあと、フミノリは、近くのコンビニに走って行って、爆竹《ばくちく》をたくさん買ってきた。そして、玄関先で派手に鳴らした。大男は、

「なんや？　くそっ！　仲間がおるんか！」

と言って、アキオを部屋に置いたまま玄関のようすを見にきた。男が爆竹に気をとられているすきに、アキオは部屋の窓から出て、フミノリが手まねきする方へと逃げた。高い塀《へい》をよじ登って飛び越えると、外の道路に出ることができた。

「こらっ、待たんかい！」

と怒鳴りながら、男が急いで追いかけてきた。二人は、つかまっては人生が終わってしまうと必死に逃げた。ネコのキミコが、怖がって暴れるので、何回か落としそうになったが、首をしっかりつかんでいた。タクシーがやってきたので、フミノリは手をあげて、タクシーを呼び止め、

なんとか逃げることに成功した。くやしそうにタクシーを見送っている大男に、アキオは、アカンベーをした。

「あ~怖かった！　どうなるかと思った！　フミちゃん、助けてくれてありがとう！」

「ほんまや、怖かった！　アキちゃん、大丈夫？」

「顔と頭をどつかれて、おまけに足も蹴《け》られて、まだ痛い。俺、きっと、悪いことしたから天罰が下ったんやな。俺、もう、悪いことはやめよう。でも、フミちゃんが助けてくれんかったら、俺、もっとひどい目におうてたかも」

「とにかく逃げられてよかった」

「せっかく『まねきネコ作戦』で稼いだお金をもっていかれてしもた。大損《おおぞん》こいたで、ほんまに」

アキオは、男の顔を思い出して、ブルッと身震《みぶる》いした。しばらく走ると、タクシーのうしろにパトカーがいた。

「あっ、パトカーや。俺たちをつかまえに来たんやないかなぁ？　やっぱり、刑務所生活が待ってるんや」

フミノリは、急に怖くなってきて、ガタガタ震えだした。

「もしつかまったら、俺だけ刑務所行くから、フミちゃんは逃げて！」

アキオは、詐欺《さぎ》も泥棒《どろぼう》も、ぜんぶ自分が言い出したことなので、自分で責任をとろうと覚悟していたのだった。

「そんなことでけん。アキちゃんは、俺のためにやってくれただけやから、俺だけ逃げるなんてできるわけないやろ?」

「ただでさえ苦しんでいる家族やのに、フミちゃんがパトカーにつかまって、もうこれ以上家族に涙を流させることしたらあかんやろう」

「そりゃそうやけど! けど、やっぱり自分だけ助かるなんてことでけん」

「なに言うとんのや、俺はコレがあるから大丈夫や」

アキオは胸にぶらさがっているフクロウを取り出して握りしめた。

二人の会話を聞いていたタクシーの運転手が口をはさんだ。

「あんたたち、パトカーに追われるような、なにか悪いことしたのかな?」

二人が黙っていると、

「さっき、どつかれたとか、大損こいたとか言ってたのが聞こえたけど、誰かとケンカでもしたのかな?」

「俺、悪いことしたけど、天罰《てんばつ》が下ったし、許してもらえんかな?」

運転手は、二人がまだ子どもで、優しそうな目をしていることから、とても凶悪《きょうあく》な犯罪を犯《おか》しているとは思えなかった。

「あんたたち、うしろからナイフで首をグサリなんてやめとくれよ、わっはっはっ」

運転手は、ルームミラーで二人のようすをうかがいながら笑った。

「そう心配しなくても、パトカーは右に曲がってどこかへ行ってしまったから大丈夫！」

「ああ、よかった」

「でも、あんたたち、なにをしたかは知らないけど、親を泣かせるようなことはしてはいけないよ。このせちがらい世の中、悪いことしたくなる気持ちはわかるが、破滅的《はめつてき》なことはしちゃいかんよ」

「うん、わかってる」

「あんたたちは、悪人ではない。目をみればわかる。澄《す》んだ優しい目をしている」

「ほめてもらって、ありがとう。運転手さん、近くの電車の駅で降ろしてほしんやけど。あんまりお金も持ってないんで」

「それなら、ここから一番近い駅は、ＪＲ六甲道《ろっこうみち》かな」

「あっ、そこでいい」

二人は駅でタクシーを降りて、急いで切符《きっぷ》を買い、ちょうど到着した電車にかけ込んだ。電車にはたくさんの人が乗っていた。なかに車イスの人がいた。次の駅に着いたとき、電車を降りようとする人の流れに、車イスの人がまきこまれた。

「おい、じゃまや！　どかんかい！」

とわめきながら、乱暴に車イスを押しのけて電車から降りていった男がいた。確かに、車イスは、出口あたりで広い場所をとっていた。しかし、車イスの人は、電車を降りるときに降りやすいようにできるだけ出口の近くにいたかっただけだ。フミノリは、急に怒りがこみあげてきて、固く握りこぶしをつくって、男をにらんだ。

「こらっ！　この人にあやまれ！」

フミノリが大声で怒鳴ると、男は、電車を降りてからゆっくりと振り向いて、フミノリをにらみつけた。

「なんやと、このガキ！」

アキオもフミノリのそばに寄りそって、フミノリに加勢《かせい》することを男に見せつけた。

「おたくみたいな大人が、世の中悪くするんやろ！」

険悪《けんあく》なムードが漂《ただよ》うなか、ほかの乗客も心配そうに見守った。フミノリと男は、にらみ合い、今にも殴《なぐ》り合いが始まりそうな状況になったが、ドアが閉まって電車が発車した。男を許せない気持ちと、車イスの人をいたわりたい気持ちが、フミノリの心のなかにうずまいていた。このとき、フミノリは、自分のなかに、確かに正義感と優しさがあることを発見した。

「ありがとう」

車イスの人は、フミノリの手を握った。

「あんたたち、中学生？　勇気あるねぇ、あんな怖そうなあんちゃんに正々堂々と言うなんて。誰にでも簡単にできることじゃない」

見知らぬ人が、しげしげと二人を見ながらほめちぎった。それが誰であれ、人からほめられるということは、とてもうれしいと感じる二人だった。

「フミちゃん、カッコよかった。まるでスーパーマンみたいやった」

アキオは、フミノリがいざというとき信じられないような勇気を出すことを知っていたが、またまた度肝《どぎも》を抜かれた。アキオは、フミノリのそういうところが好きだった。

「いや、ほんまは、人からほめられるような勇気ではなくて、イライラを一気に爆発させただけや」

「フミちゃんのおかげで、俺も、なんかスッキリした」

二人が、電車の窓からぼんやりと外の景色《けしき》を眺《なが》めていると、子ネコのキミコの鳴き声が、電車のなかで響《ひび》きわたった。電車に動物を持ちこんでいることに気がひけた。そのとき、ちょうど海がちらりと見えてきた。

「ちょっと海に出てみよう」

二人は須磨駅《すまえき》で降りた。海水浴を楽しんでいる人がたくさんいた。

「う～みぃは、ひろ～い～なぁ、おおきぃいぃなぁ～。いって～みたい～なぁ～、よそのぉくにぃ」

アキオが歌うと、フミノリも歌った。寄せては引く波の音は、耳に心地がよかった。

「いっそのこと、外国行ってみたいなぁ、フミちゃん？」

「外国行くには、英語ができなあかんし」

「そうやなぁ。英語なんか、からっきしわからんもんなぁ」

「もうちと、英語の勉強しといたらよかった」

しばらく波打ちぎわをみながら、二人で黙って考えごとをしていた。

「結局、俺らは、もっと勉強して、もっと自分を磨《みが》かなあかんようやなぁ」

フミノリは、自分の未熟《みじゅく》さを実感したようだった。

「また最初からやり直しや。俺は、フミちゃんの手助けするって、ええカッコ言うて、結局はフミちゃんの足引っ張ってるだけみたいやな？」

「そんなことないで！」

「いいや、俺は、フミちゃんをますます悪い方向に向かわせてるようや。ごめんね、フミちゃん。こんなの友達やないなぁ」

「そんなことないって。身の危険もおしきって、ここまでアキちゃんが俺のためにつくしてくれてるんやから、心から感謝してる。ありがとう、アキちゃん」

「フミちゃん、俺がまた突っ走り出したら、ブレーキかけてくれる？　走り出したら止まらんようになってしまうところが、俺の一番悪いところや」

「わかった。でも、俺たち、これからどうしたらいいやろ？　このままやったら、一五歳にしてホームレスになりそうや」

「二人で力合わせて、なんとか乗り切ろう！」

「そうやな。神戸へ来る前、杯《さかずき》かわして成功誓《ちか》ったもんなぁ」

さらに友情を固める二人だった。

10　心の風景

二人が、海岸線を歩いて行くと、木陰《こかげ》で海の絵を描《か》いているおじさんがいた。うしろから

ちょっと絵をのぞいてみた。

「おじさん、絵、上手ですね」

「ありがとう」

「絵って、もうかりますか?」

「なかなかもうからんで。趣味で絵を描いてるときはいいけど、絵で生活するとなると大変や。

君らも画家になりたいんか?」

「いいや、そうではないけど、俺ら、家を出てきて、仕事探してるんやけど、それがなかなか

厳しくて」

「家出してきたんか?」

「そうや。でも、お金がなくなって、困ってしもた」

「君ら、もっと、心のなかでしっかり絵を描いたほうがええなぁ」

「心のなかで絵を描くって？」

「行き当たりばったりの人生では、夢がないし、おもしろさがない。いつかこんなふうになったらいいのにって、自分が望む将来の姿を、心のなかにしっかり絵を描くんや。そうすれば、自分の歩くべき道も見えてくる。そこに画用紙があるから、ちょっと今の心の風景を描いてみて」

「えっ？　心の風景を？」

「今の心のなかは、明るい？　暗い？」

フミノリは、しばらく自分の心のなかのようすを覗《のぞ》いてみた。

「う〜ん、暗いなぁ」

「暗くても、なにかが見えてこない？」

「見えてきた」

「じゃ、それを描いてみて。今、心のなかにあるものをとにかく絵であらわしてみて。自然の風景は、誰が見ても同じものが見えるけど、人の心の風景は、その人にしか見えないし、一人ひとり違うからね。もちろん、喜びとか悲しみとか、いろんな感情も入ってくるけどね」

フミノリもアキオも、お互いに隠《かく》して描いた。

「う〜ん、心を描けって言われても、けっこうむずかしいなぁ」

フミノリが描いたものは、家族の笑顔だった。アキオは、レストランの絵を描いた。

「この人は、誰？」

「家族。俺は、家族が幸せであってほしいと思う」

「そうか。じゃ、そうなるように全力をつくしなさい。楽しい心の絵を現実のものにしなさい。このレストランの絵はなに？」

「ああ、お腹が空いたから、なにか食べたいと思ってレストランの絵を描いた」

「そうか。クーラーボックスにスイカがある。どうや？　いっしょに食べよか？」

「わけてもらってもいいんですか？」

「いいよ。ちょっと待ってて」

画家のおじさんは、持っていたナイフでスイカをざっくり切った。

「遠慮《えんりょ》せんでええ。たくさん食べろ」

「ありがとうございます」

フミノリもアキオも、のどが渇いていたので、うれしかった。

「おいしい」

「そりゃ、俺が苦労してつくったスイカや。うまいやろ」

「このスイカ、おじさんが作ったんですか？」

「そうや、絵を描いてるだけでは食べていけんから、自給自足や」

「おじさんは、絵を描くことが、自分の歩くべき道？」

「ああ、そう思ってる。俺は、小さい頃から絵を描くことが好きやった。絵を描いているとなにもかも忘れて楽しいよ」

よく冷えたスイカは、神戸へ来てからの一週間で一番おいしかった。

「君ら家出してきた言うとったけど、どこから来たんや？」

「俺らは、丹波から来ました」

「家のなかでなんかいやなことがあったんか？」

「家が借金で大変で、家族の迷惑《めいわく》にならんように、俺は俺で生きていこう思って」

「世の中、子どもの力だけで生きていけるほどあまくないで」

「そうみたい」

フミノリは、今までの苦い出来事の一つひとつを回想しながら画家の質問に答えた。

「今の子は、昔に比べて、食べ物もたくさんあって、生活も便利になって、みんな幸せやと思とったら、どうやらそうでもなさそうやのぉ」

「幸せやない子もおる、ここに」

アキオは、フミノリの頭を指さした。

「君らは、ちょっと追いつめられてるみたいやなぁ」

「俺らは、悪いこともしてしもたし、なんか、もう、ダメになりそうや」

「悪いことって、なにしたんや？」

「それはちょっと言えない」

「どんな事情があったか知らんけど、人の道はずれるようなことしたらあかん」

「わかっとるけど、しかたなかったんや」

「まっとうな道を歩いて、自分で汗水流して働いて、幸せにならなあかんで。理想の自分の姿を心のなかにしっかり描いて、少しずつ、少しずつ、それに近づいていくといい」

子ネコのキミコは、のんきにスイカの残りをペロペロなめていた。

「いいなぁ、ネコは気楽で」

フミノリは、ネコの頭をなでながら、生きる術《すべ》のない自分に困っていた。家族を助けるつもりで家を出たのに、他人に迷惑をかけている。子どもの力だけで生きていくことはむずかしい。どうしよう、どうしよう、これから先の生活に迷いながら、家族の顔が浮かんでくる。

そのとき、フミノリのポケットのなかで、鈴の鳴る音がした。カランカラン、フミノリがさわりもしないのに音だけが鳴っていた。

「フミちゃん、これ、なんの音?」

「財布につけてる鈴の音や。俺が母さんにもらった鈴の音」

「けど、動きもしていないのに、どうして音が出る?」

フミノリが、鈴をポケットから取り出しても、まだ鳴っていた。

「あれ、フミちゃん、まだ鳴ってるで。ふしぎな鈴や」

「母さんが……呼んでる……俺のこと、きっと、母さんが呼んでるんや」

「えっ?　この鈴で、母さんが呼ぶって?」

「そんな気がする。母さんになにか悪いことが起こったような気がする。帰らにゃ。家に帰らにゃ」

「そうやなぁ。それやったら、一回、家のようすをさぐりに、キミちゃんに電話してみよう」

アキオは、携帯電話の電源を入れて、キミコに電話してみた。

「あっ、もしもし、キミちゃん？」

「なにがもしもしキミちゃんよ！　もうっ！　もっとはやく連絡してよ！」

「ほら、そうしてキャンキャン言うのがわかってるから、電話もできない」

「キャンキャン言うわよ！　どうしてあなたたち、そんなアホなことしてんのよ！」

「アホなことやないで。お金稼がにゃ生きていけんやろ？」

「アホなことでしょ！　今、フミちゃんち、どんなになってるか知ってるの？」

「知ってる！　キミちゃんちは、家庭円満で裕福かも知れんけど、フミちゃんちは大変なんや。フミちゃんのこと、もうちょっと考えてやれよ！　アホはキミちゃんやろ？」

「アキちゃんと話しててもしょうがない。となりにフミちゃんいるでしょ？　ちょっと代わってよ。大事な話があるから」

「わかった」

アキオは、眉間《みけん》にしわを寄せて、焼きイモでもさわっているようなしぐさをしながら、

「あちちゃで。やけどしそう」

と言って、携帯電話をフミノリに渡した。

フミノリは、キミコから母さんのようすを聞いて、ショックを受けた。母さんの鈴を握りしめて、自分のおこないに後悔の気持ちがこみあげてきた。そして、母親の愛情の深さを、今さらのように思い知った。

「キミちゃん、いろいろ心配かけてごめん。俺、今すぐ帰るから」

二人は、画家のおじさんの親切にお礼を言って、家へ帰るため電車に乗った。

11　最後の砦

フミノリは、家路《いえじ》に向かう電車のなかで考えた。このまま家に帰っても、どん底の状態がよくなるとは思えない。最後の手段に出ることにした。最後の手段とは、父さんの実家のおじいちゃんとおばあちゃんに助けを求めることだった。

「アキちゃん、俺、ちょっと寄りたいところがあるから、先に帰ってて」

「えっ？　どこへ行くんや？」

「おじいちゃんとおばあちゃんの家」

「わかった」

「アキちゃん、いろいろ助けてくれて、ありがとう」

「結局、なんの役にも立てなくて、ごめんね、フミちゃん」

フミノリは、降りるはずの柏原《かしはら》駅ではなくて、四つ手前の篠山口《ささやまぐち》駅で降りた。久しぶりに父親の実家を訪れた。遠くに、おじいちゃんとおばあちゃんが、二人で協力しあって、畑でせっせと働いているのが見えた。おいしい水ようかんでも買ってくればよかったが、そんないいものを買う余裕《よゆう》はない。

フミノリは、すぐには二人に声をかけることができなかった。困ったときだけ頼っていくなんて、そんなことしてもいいものかどうか。やっぱり、このまま会わずに帰ろうかと迷った。

畑の二人は、遠くからこちらを見ているフミノリに気がついて、あわててフミノリのそばまでやってきた。二人は、目をまるくして、ニッコリした。

「おやまぁ、フミちゃんやないの！」

おばあちゃんが、フミノリの手をぎゅっとにぎった。

「よう来てくれた。しばらく見んあいだに、またいちだんと大きいなったなぁ」

おじいちゃんも、フミノリの肩を軽くたたいてうれしそうだった。

「おじいちゃん、おばあちゃん、こんにちは」

曲がりかけた腰、しわだらけの手、そして色あせた服が目に入った。長年にわたる二人の苦労がそこに刻《きざ》みこまれていた。おじいちゃんとおばあちゃんに、しばらくの間、まじまじと顔をのぞきこまれて、少し恥ずかしくなった。おじいちゃんが口を開いた。

「フミちゃん、一体どこへ行っとった？　お母さんからフミノリがここあたりに行ってないかって、何度も電話があって、えらい心配しとったんやで」

「すみません。心配かけてしまって。ちょっと、神戸の方へ行ってたから」

「神戸までなにしに？」

「うん。仕事さがしに」

「仕事って、あんた、まだ中学生やで」

「家の生活が苦しなってしもて、俺も働いて、家族助けよ思て……」

「そうか、そんなにお金に困っとったんやね？」

「うん……」

おじいちゃんとおばあちゃんは、真っ黒に日焼けして、額には汗が光っていた。

「畑は暑いから、まあとにかく家のなかに入って、冷たいものでも飲んで、ゆっくり話でも聞かせとくれ」

家に入ると、フミノリがずいぶん前に描いた二人の似顔絵が、額に入って大事そうに飾られていた。〝キャラメルでも買っておいで〟と百円玉を手に握らせてくれたおばあちゃんのやさしい手を思い出した。そのあたたかな記憶は、つい昨日のことのように蘇《よみがえ》ってくる。

三人で氷の入った冷たいジュースを飲みほして、一息ついたところで、おじいちゃんがたずねた。

「フミちゃん、よっぽど困っとるようやな？」

フミノリは、いきなり両手をついて、おじいちゃんとおばあちゃんに頭を下げた。ここ以外に頼るところがない。神にもすがる思いで、フミノリは、おじいちゃんとおばあちゃんに、深々と頭を下げた。おじいちゃんもおばあちゃんも、フミノリの思いつめた表情にびっくりした。

「あらら、フミちゃん、どうした？」

「おじいちゃん、おばあちゃん、助けてください！」

「そんなに頭下げんでええよ、フミちゃん」

「お金を貸してください。できれば三百万円貸してほしいんです。今、俺の家は、借金かかえて大変なんです。俺、将来、きっと働いてお返しします」

年金とわずかな農業収入《のうぎょうしゅうにゅう》で、質素《しっそ》に暮らしているおじいちゃんとおばあちゃんからお金を借りてしまったら、二人の生活はどうなっていくのだろうか、それを考えると、お金を貸してほしいなんて言い出しにくかった。しかし、父さん、母さん、妹、そして自分の苦境《くきょう》を乗り切るため、頭を下げる恥ずかしさもどこかへ押しやって、ひたすらに両手を畳《たたみ》について訴《うった》えた。

「お金に困ってることはだいたいわかっとったけど、フミちゃんがここまで悩んでるとは、よっぽど深刻《しんこく》やったんやなぁ。そんなに困っていたんやったら、もっと早く言ってくれればよかったのに。ほんまに水くさいなぁ」

おじいちゃんは、フミノリの手をとって、

「もうそんなに頭下げんでええって。こんなに近くに住んでいても、お前たちのことがよう見えなんだようや。歳《とし》のせいか、目がくもってしもて」

「年金で生活しているおじいちゃんとおばあちゃんには、父さんもお金の相談もできなかったみたい。父さん、自力でなんとかしたいとがんばってたけど、どうにもならなくて」

「わかった。いざというときのために、いくらか蓄《たくわ》えがあるから、大丈夫や。フミちゃんは、心配せんでええ。困ったときには、助け合わにゃいかん。人間は、楽しいときは幸せやからそれでええ。肝心《かんじん》なんは、苦しいときにどうやって幸せに向かって歩く道を見つけるかや。いつまでも苦しいままではいかん。おじいちゃんとおばあちゃんは、もう十分生きてきた。これからは、お前たちに幸せになってもらわにゃいかん」

「おじいちゃん。おばあちゃん。ありがとう」

フミノリは、涙で目を真っ赤にしていた。フミノリは、おじいちゃんとおばあちゃんの命をまるで吸血鬼《きゅうけつき》のように自分が吸い取ってしまいそうな気がして、立ち上がることもできそうになかった。フミノリを励まそうとしてか、おばあちゃんが、話しはじめた。

「そういうたら、この前、うちの近所で、借金に追われて自殺した人があるんやで。ほんまに真面目《まじめ》でええ人やったのに、かわいそうに。他人事《たにんごと》やないなぁ。そんなことにならんようにせんと……。さぁさぁ、気を抜いて、フミちゃん。長い人生、苦しいことばっかりやない。苦しいことの先に、楽しいこともきっと待ってるに違いないから、それを信じて、しっかり前向いて歩くんやで」

「うん。しっかり歩く」

「フミちゃん、久しぶりに来てくれたんやから、今日はゆっくり泊まってってくれるんやろ？」

「いや、それが、母さんの体の具合が悪くて、俺、すぐに家に帰らないといけないんで」

「そりゃ大変。お金は、すぐに用意して届けるから、はやくお母さんのところに行ったげないかんね。フミちゃん、いじわる言うようやけど、よう聞いてや。フミちゃんはフミちゃんで、家族の苦境をなんとかしたい思って仕事探しに神戸まで出て行ったみたいやけど、それは間違ってる思うで。行き先も言わんと家族の前から姿を消すやなんて、そんなことしたらあかん。きっと、お母さんは、子ども失くすんやったら死んだほうがましやと思てるやろ。フミちゃんのお母さんは、あんたたちを育てることで一生懸命なんやで」

「うん、わかってるけど……」

「フミちゃんは、小さい頃、真夜中でもよう喘息《ぜんそく》の発作おこしとったんやで。そのたびに、お母さんが、フミちゃんを病院まで連れて行って、背中をなでたり抱っこしたりして、一晩中寝ることもできんと、フミちゃんのこと目を離さんと看病《かんびょう》してたで。フミちゃんの苦しそうな息づかいを見ていて、この子、もしかして死んでしまうんやないやろかって、いっつもヒヤヒヤしながら見守ってたそうや。一晩看病した次の日も、しんどいとか眠いとか一言も言ったことないで。お母さんは、強い。子どものことでつぶれたりはせんもんや。そうやけど、お母さんにとって、子どもを失うこと、これほどつらいことはほかにないと思うで」

フミノリは、自分が大人になってくるにつれ、しだいに親のありがたさを忘れてきたように感じた。

「お母さんのこと、大切にせなバチが当たるで」

「うん、わかった」

フミノリは、再び、駅に向かって走った。頭のなかは、母さんのことでいっぱいだった。

12　幸せの予感

家に帰ってきたフミノリに、チエミが泣きついた。

「お兄ちゃん、どこへ行っていたの？」

「チエミ、ごめんよ、心配かけて」

「お兄ちゃんが帰ってきてくれただけで、私はうれしいの。でも、見て、お兄ちゃん！　お母ちゃんが、大変なことになってるの。お母ちゃんは、お兄ちゃんがいなくなってから、この人形をお兄ちゃんだと思って、ずっと抱いたままなの。食べるときも、寝るときも、お母ちゃんは、一日中、お人形さんのお世話してるの」

今の母さんにとっては、その人形が自分の息子なのだ。人形を抱く姿に、子どものことを想う深い愛情がにじみでていた。

「さあ、たくさんミルク飲んでちょうだいね」

と言いながら、哺乳瓶《ほにゅうびん》を人形の口に当てていた。それが終わると、

「歯をきれいにしましょうね」

と言いながら、人形の口に歯ブラシをあててゴシゴシして、終わるとニッコリして満足そうだった。

「母さん……」

フミノリは、母さんの変わりはてたようすを目《ま》の当たりにして言葉につまった。

「母さん……、母さん……、俺、帰ってきたで。心配かけてごめんね。ごめんね」

そう言いいながら、フミノリが人形を取りあげようとすると、

「あんたなにすんの！　あっち行っとっておくれ！」

と大声を出して、母さんは、フミノリの手にかみついた。

「痛っ、わかったから、母さん、手をかむのはやめて！」

母さんにかまれた手に、血がにじんだ。しかし、手より心のほうが何十倍も痛かった。

「母さん、フミノリはここにいるよ。お願いやから俺のこと思い出してくれ！」

母さんは、フミノリの言葉には振りむきもしないで、人形を取り戻すと、腕のなかでぎゅっと

抱いた。

「母さん、ごめんよ、俺が勝手なことして、心配かけたばっかりに」

フミノリは、これが本当に母さんかと信じることができなかった。目の前の現実が、すべてウソであってほしいと思った。本当の息子が帰ってきたのに、母さんにとっては他人事だった。

「母さん！　許して！　ごめんなさい！　母さん！」

フミノリは、力なく母さんの前にひざまづいた。

「お母ちゃんは、お兄ちゃんがいなくなったショックに耐《た》えられなかったみたい。お母ちゃん、疲れたの」

フミノリが帰ってきた知らせを聞いて、父さんが大急ぎで仕事から帰ってきた。父さんは、昼間は清掃会社《せいそうがいしゃ》で働き、夜間は泊まり込みで警備員《けいびいん》の仕事をしていた。はやく借金を返して、家族の生活をたて直そうと、しばらくのあいだ体力の続くギリギリのところまで働くことにした。

「フミノリ、よく帰ってきてくれた。ありがとう」

「父さん、ごめんなさい。父さんと母さんの苦労、なにも知らなくて……」

「謝らなければならないのは父さんのほうや。お前たちによけいな苦労かけてしもた」

「父さん、俺、家族を苦しめるつもりやなかった」

「フミノリ、母さんの顔見ていたら、子どもを守りたい一心の母さんの気持ちが伝わってくるやろ？」

「うん。痛いほど。でも、もとの母さんにもどってほしい」

「母さんが、今、胸に抱いている人形のことやけど。母さんは、あの人形のなかに、たぶん、貯金通帳を隠してると思う。確認はしてないけど、間違いないやろと思う。お前たちの将来のためにとコツコツ貯めた貯金通帳や。母さんは、ただ人形を抱いてるだけやなしに、ああして、お前たちの未来を守ってるんや。お前たちも知っている通り、今は、家のなかは真っ暗闇《くらやみ》や。けど、母さんは、大事な子どもたちを暗闇《くらやみ》のなかを歩かせておくのは不安でたまらんのや。お前たち二人が歩く道を、少しでも明るく照らしておきたいんや。恥ずかしいことやけど、父さんは、今になって、そんな母さんの子どもを想う愛情の深さがわかってきた」

母さんは、人形を相手に一生懸命に話をしている。

「お前は、私の子。大切な私の子」

母さんは、人形に向かって話をしているときは、とても幸せそうな表情になっている。

「母さんは、こんなふうな顔で俺を育ててくれたんやなぁ」

そう思うと、フミノリは、胸が熱くなってくる。父さんのこと、母さんのこと、なにもわかっていなかった自分が恥ずかしくなる。

今まで、自分は、母さんになにをしてきたんやろう？　自分がしてもらうばっかりで、それが当たり前と思ってきた。これから、自分は、母さんになにがしてあげられるだろう？

〝母さんに安心して暮らしてほしい〟そんな思いが、フミノリの胸のなかにあふれてきた。そうするためには、しっかり勉強して、はやく立派な大人にならなければ……。そう思うフミノリだった。


おじいちゃんとおばあちゃんがやってきた。キュウリ、トマト、トウモロコシなど、畑でとれた野菜をどっさりと軽トラックの荷台《にだい》に積み込んで、急いでフミノリを追いかけてきたようだった。

「体が言うことをきくあいだは、がんばって米と野菜を作るさかい。またどっさりと届けるさかい、遠慮せんと食べておくれ」

おじいちゃんとおばあちゃんの顔には、どんな苦労も吹き飛ばしてきた笑顔が浮かんでいる。家じゅうからかき集めたお金が入った手提《てさ》げ袋を、父さんに渡した。袋のなかには、銀行から出してきたばかりの新札や、今、財布から取り出したばかりの折れ曲がった千円札まで入ってい

た。おじいちゃんは、

「このお金で、早く借金を返して、またみんなで力を合わせてやりなおそう」

そう言いながら、父さんの手に袋を握らせた。

おじいちゃんもおばあちゃんも、大事な孫たちを守りたかった。たとえ自分たちが全財産を失ったとしても、フミノリの家族が幸せを取り戻すことができるなら、それで満足だった。父さんは、お金を握りしめて泣いた。フミノリにもチエミにも、おじいちゃんとおばあちゃんが、まるで神様のように見えた。

「ありがとう。ありがとう。ありがとう……」

父さんは、何度も繰り返した。今までの苦しみが、一度にどこかに飛んで行ったみたいで、晴れやかな表情になっていた。

「お金は、将来、きっと俺がお返ししますから」

フミノリが強い決意をこめて言った。

おじいちゃんは、手を横に振って、

「お金は返さなくていい。おじいちゃんとおばあちゃんは、買い物したと思ってるから。みんなが元気になれたらそれでいいから」

その夜、フミノリは、一週間ぶりにやわらかいベッドの上で眠った。ひどく疲れていて、すぐに深い眠りにおちていった。

外がうす明るくなって、夜明けが近くなった頃、フミノリの横で丸くなっていた子ネコのキミコが急に歩き出した。食べ物をさがしているのか、あちらこちらとクンクンにおいをかぎながら、テーブルの上に飛び上がった。テーブルの上には、フミノリの財布が置いてあった。子ネコのキミコは、財布についていた鈴を手でつついてじゃれつきはじめた。

カランカラン、カランカラン……

鈴の音が家中に鳴り響《ひび》いた。

カランカラン、カランカラン……

鈴の音は、母さんの耳にも響いていた。

「どこかで聞いたことがある音？　なんの音かしら？」

鈴の音は、母さんの脳裏《のうり》に、フミノリに財布をプレゼントしたときの記憶《きおく》を呼び起した。母さんは、抱いていた人形を、自分が座っているイスの上にそっと置いて、フミノリの枕元《まくらもと》までやってきた。

「フミノリ？　帰ってきてくれたのね？　ありがとう」

と言って、フミノリの手をそっと握《にぎ》った。

フミノリは、誰が手を握るのだろうと目を開けて、驚いた。

「母さん！　俺のことがわかるの？」

「もちろんよ。母さんは、夜も寝ないであなたの帰りをずっと待ってたの！」

「母さん、ごめんよ、心配ばかりかけて」

「フミノリが帰ってきてくれたんだから、母さんは、それで十分」

母さんの頭のなかで、止まっていた時間がもとのように動き出したのだ。

「母さん、人形はもういらないの？」

「えっ？　人形って、なんのこと？」

「母さん、覚えてないの？　人形を抱いてたこと」

「私が人形を抱いてた？　そんなこと知らないわよ。フミノリは変な冗談《じょうだん》言うのね」

「冗談なんかやない。俺が家を出てから、母さんは、人形をずっと抱いてたんや」

「母さんは、そんなことしてた覚えないけどなぁ？」

母さんは、人形を抱いて過ごしていたときのことは、まったく覚えていないようすだった。

「フミノリ、その手の傷、どうしたの？」

「あっ、これ？」

「どこかで転んだの？」

「違うよ。母さんがかみついたあと。忘れた？」

「いやだ、私がそんなことするはずないでしょ！」

「こんな傷どうでもいいから、それより、母さんが回復したこと、はやく父さんとチエミに知らせなきゃ！　どんな顔して喜ぶやろな！」

父さんとチエミが飛び起きてきた。

「母さん、よかった！　よかった！　母さん、苦労かけてすまなんだ」

「なに言ってるのよ。父さんは、一生懸命家族のためにつくしてくれているのに、私が父さんの気持ちを理解してあげられなかったから、悪かったと思ってるの。私が謝らなくちゃ、ごめんなさい」

チエミは、母さんに抱きついて離れなかった。泣いて、泣いて、しばらく言葉も出ないようすだった。

「お母ちゃん、私は、お母ちゃんが人形を抱いている姿にずっと感動してたの。お母ちゃんの強い愛情がよくわかった。私も、将来、お母ちゃんみたいなお母ちゃんにならなきゃ」

「チエミが、どんなお母さんになるのか楽しみやねぇ。こんなにいい家族をもって、私は誰よりも幸せね。これからもみんなで力をあわせて生きていきましょうよ」

母さんは、自分が抱いていた人形を持ってきて、

「フミノリっ！」

と、ギュッと抱きしめて人形にキスしながら笑った。それを見て、家族みんなが笑った。

「笑う門には福来る」

と言いながら、母さんは、人形のなかに隠していた貯金通帳を出した。

「母さんが笑うと、家のなかがパッと明るくなる」

チエミはうれしかった。うれしくてうれしくてたまらなかった。フミノリが帰ってきて、母さんが笑って、父さんが仕事して。フミノリは、家族を守ろうと必死に闘っている父さんと母さん

に、心から感謝した。

「ありがとう、父さん、母さん。俺、母さんが人形を抱いてたときの姿を一生忘れないから。俺は、母さんから大事なことを教えてもらった」

「ありがとうは、私が言わなきゃいけない言葉よ」

フミノリは、家族のなかに、まぎれもない本物の深い愛が息づいていることを知った。そして同時に、貧乏神が、母さんの座っているそばの窓から、風に吹かれてどこかにスーッと出て行ったように見えた。フミノリにだけ見えたのかもしれない。家族みんながそれぞれに苦しんだが、このとき、フミノリは、幸せな家族の生活がもどってくる予感を確かに感じた。

13　クリスマス

フミノリは、お礼を言うためにキミコの家を訪ねた。

「キミちゃん、いろいろ助けてくれてありがとう。母さんの病気は回復したし、父さんは仕事がんばってるし」

「フミちゃん、自分ひとりだけ逃げ出すのはもうダメよ！」

「逃げたつもりやない。俺は、家族の生活を助けたかっただけや」

「今度チエミちゃんに悲しい思いさせたら、私、許さないから」

「わかってる」

フミノリは、キミコが、どうして自分の家族にここまで親切にしてくれたのかふしぎに思っていた。

「キミちゃんは、どうして俺のことそんなに助けてくれるん?」

「私、フミちゃんのこと、感謝してるからよ。ずっと前、フミちゃんは、私の悪口が教室の黒板に書かれているのを見て、誰やこんなこと書いたやつって、ひどく怒ったことがあるでしょ?」

「ああ、覚えてる。あれは、キミちゃんが、勉強できて、かわいくて、お金持ちだから、たぶん、それをねたむ誰かが書いたんやと思う」

「私は、あのとき、私の味方になってくれる人がいると思うとうれしかった。あのときから、ずっと、ずっと、私は、フミちゃんのこと見てたの」

「なんか、俺、カッコいいなぁ!」

「カッコいいよ」

フミノリは、キミコにほめてもらって自信が出てきた。

「ところで、フミちゃん、サルのあっぱれ、ありがとう」

フミノリは、渡しそこねたサルのあっぱれを、どうしてキミコが持っているのかふしぎに思った。

「あれっ、どうしてキミちゃんがサルのあっぱれ持ってんの?」

「チエミちゃんが私に届けてくれたの。机の奥にしまってあったって」

「ちぇっ、チエミのやつ、よけいなことしやがって！」

「チエミちゃんのこと、怒っちゃダメよ」

フミノリは、贈り物を受け取って、キミコがどう思ったかが、ひどく気になった。

「キミちゃん、彼氏いるんやろ?」

「彼氏？　私、彼氏なんていないよ」

「だって、誕生日にプレゼントもらってたやろ?」

「プレゼント？　ああ、あれは違うの。私と一日違いの誕生日の友達がいるの。その子に渡してほしいって頼まれて私が預かっただけなの。私がもらったんじゃないの」

「なーんや、それをはやく言ってくれ」

「で、フミちゃんは、私をデートに誘《さそ》ってくれるの？　くれないの？　また迷ってるのかな?」

「それじゃ、今すぐデートしよう」

「今すぐって、どこ行くの?」

「俺んち。元気になった母さんを見て！」

フミノリは、母さんにキミコを改めて紹介した。

「母さん、俺が彼女にしたい人。俺が困ったときにいろいろ助けてくれた女神様《めがみさま》やで」

「まあ、フミノリ、キミコさんとうまくいったのね。それはそれは、母さんもうれしい。では、お祝いに、さっそくなにかおいしいものでも……」

母さんは、晴れやかな表情で台所に立った。

フミノリは、ネコのキミコを抱きかかえて、

「おい、キミコ、母さんがごちそう作ってくれるって」

と言って、ネコの頭をなでた。

「えっ？　その子ネコちゃん、キミコっていう名前なの？　いやだなぁ」

「かわいいやろ？」

「どうして私とおなじ名前つけるのよ？」

「そりゃ……」

「そりゃ、なによ？」

「まぁ、いいではないか」

キミコは、フミノリが自分のことを想ってくれていることを感じとった。お腹いっぱい食事し

たあと、フミノリは、

「キミちゃん、もう一ヵ所行きたいところがあるけど、いい？」

と言って、急に席を立った。

「いいよ。どこへ行くの？」

「神社。いろいろ神様に報告したくて」

フミノリは、キミコといっしょに、神社の神様の前に立った。そして、家族に明るいきざしが見えはじめてきたことに感謝した。

「どうかみんな幸せになれますように……」

フミノリは、つらい現実のなかでも幸せな将来を築こうと、ひたすら突き進んで行く大人たちの世界をかいま見た。このことで、フミノリは、以前のフミノリとは明らかに変わってきていた。自分の生き方をしっかりと見つめるようになっていた。

フミノリは、キミコにたずねてみた。

「キミちゃんは、将来、どうしていくつもり？」

「そうね、やっぱり、お父さんのあとをついでお医者さんになりたいと思うけど」

「キミちゃんは、成績抜群《ばつぐん》だからね」

「フミちゃんは？」

「俺は、キミちゃんのおムコさんかな？」

「いやだ、バカ」

「俺は、まだ職業まではっきり見えないけど、将来、きっと人の役にたって生きることを神様に誓《ちか》いたい。家族やみんなの幸せにつくせる人になりたい」

キミコには、神様に手を合わせて一心に祈っているフミノリが、とても輝いて見えた。


夏休みも終わり、二学期が始まると、フミノリは、がむしゃらに勉強した。学校の授業が終わるとすぐにキミコといっしょに図書室へ行って、授業でむずかしかったところや関心の高かったところを研究した。そして、それが終わると、まっすぐに家へ帰って、食事も早々にきりあげて、自分の部屋に閉じこもって、寝る間もおしんで勉強した。

アキオは、フミノリが、猛《もう》勉強に励《はげ》んでいるので、占いの研究をしていた。占いの魅力《みりょく》にとりつかれて、占いのノウハウが記されたあらゆる書物に目を通していた。

「俺の占い菌《きん》に感染《かんせん》させて、みんなを占いのとりこにしてやる」

そんなことを言いながら、クラスのみんなを占いはじめた。すると、

「アキちゃんの占いって、よく当たるそうよ」

と話題になった。

「私も占って」

アキオは、たちまち人気者になって、たくさんの女の子に囲まれるようになった。女の子にモテモテになったアキオは、

「よっしゃ！　絶好調！」

と言いながら、どんどん調子にのってきた。

そんなアキオにも、好きな女の子がいるらしかった。フミノリは、アキオが自分の恋の行方を占っている姿をよく見かけた。

「俺、トモコちゃんのことが好きになってしまったみたい。フミちゃんが、キミちゃんといっつも仲よくしてるから、うらやましいなぁ」

「よっしゃ！　告白や！　中学校の最後をバラ色に飾ろう！」

そんな話をしていると、憧《あこが》れのトモコが、アキオのそばにやってきた。

「アキちゃんの占いって、よく当たるって評判《ひょうばん》よ。私も恋の占いしてくれない？」

「あっ、いいよ」

チャンス到来《とうらい》とばかりにアキオの目がキラリと光った。アキオは、うれしくて、ますます調子にのってきた。

「トモコちゃんは、アのつく人と相性がいい」

「アのつく人？」

「そう、アのつく人。それから、キのつく人」

「キのつく人？」

「そう、キのつく人。それから、オのつく人」

「オのつく人？　んんっ？　アとキとオ？　アキオ！　あなたのことやないの！」

「そう。俺のこと」

「イヤッ！　あんたと私なんか、相性いいわけないでしょ！　とんでもないでたらめ占い師ね！　あほ！」

トモコは、怒って行ってしまった。アキオは、肝心なときになると、やっぱりヘマをやらかす。

「なんで？　なんで俺は、いっつも、女の子にあほって言われるんやろ？」

アキオは、胸からフクロウのお守りをとりだした。

「おい、クリスティ、なんとかしてくれよ！」

えんぴつでフクロウをチクチク刺しはじめた。

しょんぼりしたアキオの顔が、かわいそうになってきて、フミノリは、檄《げき》を飛ばした。

「そんなことでめげとったら、昇り龍タイプにはなれんで！　総理大臣にならにゃ！」

「総理大臣か！　よっしゃ！　やったるで！」

「後援《こうえん》会長は、俺にまかせて！」

「頼りにしてるで」

「まかせといて！」

フミノリは、アキオとエールの交換をしながら、猛勉強した。キミコといっしょに勉強することが、楽しかった。楽しくて、楽しくて、こんなに学校が楽しいなんて、今まで思ったことがなかった。一回百点満点をとると、よーし次も、また次もと、心が燃えてくるのだった。その結果、二学期のすべての教科のすべてのテストで百点満点の成績をのこした。これまで学年トップだったキミコの成績を抜いて、フミノリが首位に立った。オール3だった一学期の成績表は、二学期が終わるといきなりずらりと5が並んだ。すばらしい成績の伸びに、先生もクラスの友人もみんなが驚いた。

「やっぱり、フミちゃんは、カッコいい！　大好き！」

と言いながら、キミコは、チョンチョン飛びはねながら喜んだ。

「成績をあげて、キミちゃんを、あーっと驚かせてやろうと思って。サプライズ作戦、大成功！」

フミノリは、照れ笑いしていたが、そこには、戦いぬいた勇ましい侍《さむらい》の姿があった。

クリスマスの日、キミコは、サルのあっぱれのお礼にと、自分で編《あ》んだマフラーをフミノリにプレゼントした。

「ありがとう、キミちゃん、うれしいなぁ。もっと小さい頃、サンタさんは遠い雪国にいると思ってた。でも、ほんとうは、愛のあるところ、すぐそばにいるんやね」

よく見ると、キミコは、今もらったばかりのマフラーと色違いのマフラーをしていた。フミノリにとっては、今までで一番あったかいクリスマスになった。

「キミちゃん、雪や」

「きれいね」

「クリスマスにキミちゃんと二人で雪をながめているなんて、うそみたい」

「私ね、フミちゃんの勉強のがんばりぶりを見てたら、フミちゃんのなかに、底しれない可能性というか、なにかすばらしい力を感じるの。これから、フミちゃんが、どんな人生を歩んでいくのかなって、ずっと見ていたい」

「占い師が言ってたよ。俺は、天国に行くか、地獄に行くか、紙一重《かみひとえ》だって」

「それは、誰も同じことでしょ。わざわざ地獄に行きたがる人はいないよ。みんな幸せにならなきゃね」

「そうや、幸せにならニャ」

「ところで、ネコのキミコは、元気にしてるの？」

「うん。コタツのなかで丸くなってる」

「もしも、将来、私がフミちゃんのお嫁さんにでもなったとしたら、家のなかにキミコが二人いることになるから、ややっこしいなぁ」

二人は、手をつないで、お互いのぬくもりを感じて、雪のなかを歩いた。

新しい世界に向かって歩く道……。
どうか幸せでありますように！

あとがき

このお話を読んでくださって、まことにありがとうございました。

私は、今、障害者《しょうがいしゃ》が暮らす施設《しせつ》で働いています。施設で生活している人は、不運にも望まない障害をもってしまったがために、一生涯《いっしょうがい》にわたって、身体的にも精神的にも苦しみをともなう暮らしが続きます。就職《しゅうしょく》したいと願って会社に面接に行くと、「障害者はいらない」と言われ、泣いて帰ってくる人がありました。父と母に会いたいと一晩中涙を流している人がありました。突然に大声を出して暴れる人がありました。みんなそれぞれに、誰にも理解されない寂しさに苦しみ、毎日の暮らしに息がつまってくるのだろうと思います。私は、そんな光景を目にするたびに、心穏《おだ》やかに暮らしてほしいと願わずにはいられません。

施設で働きながら、そして、わが子を育てながら、私には、いつも考え続けてきたことがあります。それは、「幸せな人生って、一体どんな人生のことを言うのだろうか?」ということです。ほとんどの人が、進学、就職、結婚という道を通ります。もちろん、その道は、人が、幸せになるための道です。人は、お金を手に入れなければ生きていけないことも事実ですが、幸せを生みだす原動力は、やはり愛にあると思います。家族との絆《きずな》、優しい恋人、愉快《ゆかい》な仲間たち、そこにはまぎれもなく尊《とうと》い愛が存在し、その愛を感じることで人は幸せになれるのだと思います。たとえ、苦しいことや悲しいことがあったとしても、愛する人とともに歩くことでやがて新しい道も開けてくるものと思います。

テレビのニュースでは、目をそむけたくなるような残酷《ざんこく》な犯罪《はんざい》を目にします。保護《ほご》され愛されるべきかわいい子どもたちでさえ、必ずしも安心安全な生活が保障《ほしょう》されているとは言えません。人間は、憎《にく》しみやあきらめで心をいっぱいにしていては決して幸せになることはできません。いくつの齢《とし》になっても、あふれるばかりの愛と夢で心のなかをいっぱいに満たしておきたいものです。障害者や子どもたちが、生涯にわたって豊かで幸せに暮らしていける優しい人間社会であってほしいものです。

本書の出版に際しまして、多大なるご支援《しえん》をいただきました皆様方にこの場をお借りし、厚くお礼申しあげます。

二〇一〇年四月

あだち みのる

●著者

あだち みのる

1960年兵庫県篠山市生まれ。兵庫県立篠山鳳鳴高等学校卒。日本福祉大学卒。現在、福祉施設（知的障害者更生施設）勤務。『ラベンダーの風にのって』（せせらぎ出版 2009）。

●イラスト

合田 修二

1951年香川県生まれ。大阪芸術大学卒業。デザイン会社を経て独立。ペーパークラフトを中心に、広告イラストレーション、カレンダーなどを多数制作。『花と野菜のカードづくり』（日貿出版社 2007）。

母さんの鈴

2010年6月15日　第1刷発行

定　価　（本体1238円＋消費税）

著　者　あだちみのる

発行者　山崎亮一

発行所　せせらぎ出版

〒530-0043　大阪市北区天満2-1-19 高島ビル2階

TEL. 06-6357-6916　FAX. 06-6357-9279

郵便振替　00950-7-319527

印刷・製本所　株式会社遊文舎

 ISBN978-4-88416-192-7

せせらぎ出版ホームページ　http://www.seseragi-s.com

メール　info@seseragi-s.com